仏母

―生きるということ

竹林館

はじめに

『カリフォルニアの風』の出版から早いもので10数年の歳月が流れました。ハンディをもつ子供を通して経験したことや思いを綴りましたが、振り返ってみると過去の事実を記録として残したようなものです。しかし、さらに深く考えるとその奥に普遍的なものが隠されているのではと思うようになりました。

七世紀の仏教の教えの中で今も変わらず私たちの日常生活で生かされているものがあるのではないか考えました。それは変わることのない人間の営みが現在まで連綿と続いてきた価値のあるものと考えます。過去も今も心のもち方、考え方、捉え方により人の行動は変わります。もって生まれた性格とは異なり見方により思いが変わるといえます。人はものの捉え方、考え方によって幸、不幸のどちらにもなれます。どのような環境にあっても努力によって小さなしあわせを見つけることができるのです。

『般若心経』では空を説きます。執着しない心を教えてくれます。ものにとらわれずに自由に生きましょうという教えです。自分を見つめ目覚めることで心が解き放されます。

曼荼羅ではすべてのもの、ヒンドゥー教の神さまさえも受け入れバランスよく配置されそれぞれ自分の場所、役割を与えられ争いもなく平和に活動しているお手本を示してくれます。

それらを知る知慧を獲得するようにと『般若心経』は教えてくれます。人間がいる限り科学がどんなに進歩しても人の思いは変わりません。

人類は争いを避け平和に楽しく暮らすことができます。たとえ苦しいことに出会っても必ず道は拓けると信じ努力することを教えてくれます。

仏教の教えが日常生活に役立つことがあるのではと考え続けてきました。今回は唯識を取りあげ、ものの捉え方を考えてみました。私などが軽々しく唯識を取りあげるなどお叱りを受けることは重々承知しておりますが、人として女性として家庭を預かる主婦として今までとは違ったものの見方や考え方のヒントにしていただけたら有難いです。

ハンディのある子供を通して仏教に出会い、人それぞれの考え方や生き方があることを学びました。本来の自分を活かすことが生まれてきた意義でしょう。生きていてよかった、生まれてきてよかったと思う瞬間を心に留めて大事にしたいです。

『般若心経』の経典そのものが般若菩薩になり、般若波羅蜜の知慧は女性名詞から仏の母、仏母となり多くの経典を産み、さらに形のある仏像、菩薩像をも産み出しました。母の存在は偉大で仏の母であれ、人の母であれ尊重されます。子供にとっては安心感、ともに喜び、悲しみ、共感して愛してくれる存在です。人の一生においてこれに勝る存在はありません。仏の世界でも子供は母をいつも気にかけ心配しあれこれ気遣う存在です。

他、日常の些細な出来事、旅行の思い出などとりとめのない話を綴ってみました。

最後になりましたが、竹林館の左子真由美さんにはこの出版に際し長い年月励まし支え続けていただきましたこと心より御礼申しあげます。また装丁など最後までお世話になり重ねて御礼申し上げます。

令和6年4月27日

うしろばた　はるよ

目次

Ⅲ

仏母

――生きるということ

うしろばた はるよ　エッセイ集

I

ターミナルケア

自然界は生きるお手本になります。現代人はそのお手本を見失っているかのように、思いのままに自分の欲や得のために走りまわり、その結果、思うようにならないで悩み苦しんでいます。自分で自分を追い込んでいるように見えます。

生まれたままの草は花になりたいとも思わず与えられた環境で一生を終えます。人間も自然の中で共に生き、自然に溶け込んで命を全うする一番シンプルな生き方に尊さを見つけ、多くを望まず生きることができたら執着という苦しみから逃れることができるでしょう。


人の場合、その人らしい最期を迎える介護にターミナルケアがあります。

治癒の可能性のない末期患者に対する身体的・心理的・社会的・宗教的側面を包括した医療や介護といわれます。延命より残された人生を本人らしく充実させることを重視するので、終末医療ともいいます。痛みの緩和などを中心に行われるケアです。

その過程で取りあげられる一つに胃ろうがあります。高齢になり食事をうまく飲み込めずに肺炎や嚥下障害を起こすようになると、医師から胃ろうを勧められることがあります。これは簡単な手術で、胃に直接穴を開けてそこから水分や栄養を摂り、全身状態を安定させるための「経管栄養法」の一つです。

メリットとして病院や施設での長期に渡る栄養管理が可能、介護する側の負担が軽い、肺炎になる可能性が少ない、また、デメリットとしては体力が低下していると合併症を起こしやすい、胃ろう周辺の皮膚がただれる、専用の栄養剤が高額、ともろもろあります。

これらは医療という面から考え出された、危険が少なく管理しやすいように、安定させるようにといった、病院や施設のための管理法のようにも見えます。

もちろん一時的な処置で再び口からものが食べられるようになる場合の病気も

ありますが、老人の場合、一度胃に穴を開けたら再度口から物を食べることはないようです。自宅に帰ることも難しいでしょう。患者さんの状態にもよりますがこれが残された人生を本人らしく充実させることなのか悩むところです。

そもそも「食べる」ということは本能的欲求です。特に高齢になると外出の機会は減り、友人とのおしゃべり、また外食に出ることも少なくなり、毎日変化のない生活です。一日三回の食事だけが楽しみという方も多いと思います。食事をすることでさまざまな刺激を受け、触れ合い、高齢者にとっては生きる喜びとなるでしょう。

寝たきりで意志疎通が十分でなく、ほとんど経管栄養で生命維持されている患者さんもその家族も初めは少しの希望がありました。しかし時間とともに家族はこのまま永遠に続きそうな栄養管理で生き続ける生き方に疑問を感じるかもしれません。

そんなとき、よくよくいのちというものを考えてほしいのです。いのちは尊いもの、かけがいのないものと。心臓は動いているし、身体も触れば温かい、この生きている共に暮らした家族である老人のことなのです。元気なときの思い出がよみがえってきます。どのような考えの人か、どのような人生を過ごされた人なのか、生前どのような希望をもたれていたか、それを家族が叶えたらどんなに幸せでしょう。

生命誕生のその瞬間はまさに奇跡です。人間という最も優れた生命体はビッグバンに始まり延々と歴史を歩んできました。おぎゃーと生まれた一個の奇跡の生命体です。

科学がどんなに進歩しても人間を作り出すことはできません。我々が普段何気なく物を見ている眼ですが、眼で物が見えるということがいかに素晴らしいことか考えたことがあるでしょうか。この地球上にあるさまざまなものはすべて時間とともに変化し、消えていくものです。

そして話は変わり、こちらは胃ろうではなく、難病の話です。

「サヨナラの代わりに」（原題 You're Not You）という二〇一四年制作のアメリカ映画を観ました。原作はミシェル・ウィルジェン（Michelle Wildgen）の小説を映画化したもので、三十五歳でALSに侵された女性の話です。彼女は最終的に病院への入院を拒み家で最期を迎えることを選択します。

呼吸器を付けず自然にいのちを全うする決意をします。家族は少しでも長く生きていられるようにと考え入院を希望しますが、見方を変えれば家で側にいて発作が起きるたびに心配しながら見守るしかするすべがないもどかしさを感じることでしょう。どちらにとっても厳しい選択です。苦しくとも彼女にとっては人間らしい生き方を選んだといえるでしょう。

入院すれば呼吸器だけでなくいろいろなチューブに繋がれ、最期はほとんど意識のない状態で生き続けなければならないかもしれません。彼女は短い時間でも家族に囲まれて自分らしく生きていく人生の最後を選びました。それはいつまで続くかわからない非常に過酷な毎日を想像させますが、しかし家族と喜びを分かち合うこともできます。

発作で苦しくなると、周囲は見守るだけで何の手だてもありません。ただ背中をさすり時間の過ぎるのを待つだけ、発作が治まるよう祈るように待つだけです。苦しむ人を前にして家族にとって何もしてあげられないことほど辛いものはありません。共に過ごすことは家族の深い愛情のあらわれでもあります。

本人と家族の試練ですが、勇気を出して病気を共有し、手を握りそばにいるよ、愛しているよ、大丈夫よ、と言ってあげたいです。

私もかつて二人の息子が筋ジストロフィーで二十歳までの命と宣告されました。なぜか前から子供は預かりものと思っていたので、どんな子供でも責任をもって立派な大人に成長するのを見守り助けるのが私の仕事だと信じていました。

さて、困りました。いい考えはみつかりません。二十歳までと決めつけることもないし、自然体でいこう、普通でいい。年齢とともに身体の筋力は萎え、動けなくなると聞いていました。が、反対に心はどんどん大人に成長するはずなので心と身体の成長のバランスが現実にどのように変化するのか想像するしかありません。

成長とともにいろいろな時期がありました。短い装具を付けてのリハビリの時期やなんとか歩けていた時期、夜は長い装具で痛くて毎晩泣いた日が続いた時期もありました。

小学校三年生から、私立から校区の学校に転校し、車いすで通いました。中学生活も学校で昇降機を買っていただき階段を車いすで昇り降りした三年間でした。友人や先生など周りの人たちに恵まれていたことは感謝の言葉もありません。

息子は身体が動かなくても、心は周囲の温かい人たちの気持ちに触れ素直に育ってくれました。私もそのおかげで貴重な体験をしました。

十七歳の時、車いすで行くロサンゼルスのユニバーサルスタジオ見学への旅行に出発しましたが、突然機内で心肺停止となり、ロス行きの飛行機はサンフランシスコで緊急着陸したのです。そして、空港近くの病院のＩＣＵに入院することとなりました。

幸い医者である夫のおかげで機内で心臓は回復しましたが、呼吸は自発呼吸がないまま病院で呼吸器に繋がれることになります。入院時から意識不明の状態が続くなか、幸運にも次の日奇跡的に意識が戻ったのです。

良かったと安心する間もなく、次は日本に帰る方法をあれこれ模索するなか、呼吸器を付けた状態では民間航空機に搭乗できないことがわかりました。そのうえ、夫からはこのままで気管切開をしたら、日本に帰ることは不可能だと聞かされ、結局、早い時期に緊急飛行機をチャーターして日本に帰る決断をします。八人乗りのスモールジェットでアメリカ人看護師二名、操縦士、副操縦士、日本人看護師一名、私、そして息子が搭乗することになりました。

ハワイとウェーク島で給油し、無事に伊丹空港に到着しましたが、そのまま息子は自宅近くの病院に入院することになります。自発呼吸の回復が難しかったので、結局気管切開し二ヶ月間入院が続きました。

その後、自宅に帰ることになり、ベッドに横になったままの生活が始まりました。呼吸器に繋がれ、自分で身体の向きを変えることもできない状態です。すべて人の力を借りないと生きてはいけない身体でした。

ある日、呼吸器に繋がれながら、小さな声で私に話かけます。「生きていても意味がないよ」と言います。返事の言葉が見つかりません。黙ってじっと息子の話を聞くしかありません。

答えが見つからないまま数週間過ぎたある日、息子は「僕はお布団が大好きなんだよ。今が一番楽なんだ。これをずっと貫いてやる」と言ったのです。思いがけない言葉でした。

私を思っての言葉かもしれませんが、すべてを納得した穏やかな表情でした。

私は息子のそばにいつも寄り添い共に過ごし、心を共有しようと心がけましたが、それができた環境にも感謝しなければなりません。このような経験から信頼関係が何より安心につながると確信しました。

家族と共に過ごしたいと思うのは誰しも一緒です。家族に囲まれ穏やかに安心して日々暮らせたら何もいらないでしょう。しかし、置かれた環境によっては家族を思うために、逆に家族と離れた場所の選択もあるでしょう。それはそれで美しいことです。

人それぞれ、自分に合う人生を選ぶように最期も自分らしく締めくくりたいものです。

事実を知る智慧

最近は個性を伸ばす教育に力が注がれていますが、その前に個性を育成するための土壌を培わなければならなりません。

個性を伸ばしてその世界では素晴らしい才能があっても、人として社会に適応できない人間になりかねません。では基礎を育成するにはどうしたらいいのでしょう。

社会に適応できるために、また多くの人が共に支え合い分け隔てない暮らしをするためには、人々がそれぞれの能力を発揮できる活気ある社会を作らなければなりません。横山紘一先生は唯識《ゆいしき》でその共生社会を創造するには、次の二つを養成する必要があるといいます。唯識とは、あらゆる存在が八種類の識によって成り立っているという仏教の考え方の一つです。八種類の識とは「眼・耳・鼻・舌・

身・意・末那識《まなしき》・阿頼耶識《あらやしき》」です。

一つは事実を事実として知る智慧と、もう一つは人々を慈しむ愛です。智慧とは実体としてあるのではなく関係的にあるもの、自分は仮に存在するもの、生かされている命、ということを知る智慧をもつことで、お互いに尊重し平等となります。事実を関係的に知ることで、お互いをいたわり慈しむ心が生まれてきます。

般若心経に「照見五蘊皆空《しょうけんごうんかいくう》」という言葉があります。五蘊とは人間の五つの構成要素（色・受・想・行・識）です。五蘊というものが存在する、という意味です。

私たちが自分と考えているものはこれら構成要素の集まりで、そのどこにもあるものではありません。自分とはこの五つの集合体によって仮に在るもので、「五蘊仮和合《ごうんけわごう》」といいます。

自分とは仮の存在です。その事実を考えることで、自分が自分がという気持ちが少しずつ薄らいでいきます。自分はただ五つの集合体にすぎない、だがしかし、それだけではありません。

私たちは美しい景色を眼で見ることができ、美味しい味を舌で味わうこともでき、音楽も耳で楽しめます。悲しいこともありますが、心が震えるほどの感動も味わえる、なんとも素晴らしい仮の存在でしょう。自分はただの集合体にすぎないという仮の存在を知ったうえで周囲を見渡したとき、その懸命に生きている命それぞれが皆愛おしい存在と思えるのではないでしょうか。

では、自分が、自分がと思う執着をなくすにはそのものになりきるという智慧が必要だと横山紘一先生は言います。先生は『「唯識」という生き方』（大法輪閣二〇〇一年）のなかでこう述べています（p.75―76）。

それはもはや、言葉を離れてそれそのものになりきって考える以外は方法はありません。私は、エゴ心なしに正しくなりきって考えることが思考するということの究極の理想のあり方であると考えます。

私のある時のエゴ心を考えてみます。四歳の長男が難病であると分かり余命の宣告を受けたとき、事実を事実として見ることができたでしょうか。私は三人の子供に恵まれましたが、二人が障がい児とわかり、それからは戦いの日々でした。

子供は自分の所有物ではない、人間として対等に尊重しなければならないと思っていました。過干渉や過保護のような両極端な考えはありません。自暴自棄にもなれなれませんでした。

初めは、心の中でどうして私だけがこんな目に遭わなければならないのかと自己中心的でした。これはエゴ心です。事実を事実として見ていません。なんという母でしょう。

そのうち、感情より何を優先するか考えなければならないと気づきました。子供に対して何ができるか、何が必要か、どう行動するかを考えました。行動しながら何をするべきかを考えているうちに重い心は少しずつ軽くなりました。確かに行動することに集中すると自分を忘れていました。一生懸命掃除をする、洗濯をする、その間は自我というものは何処かにいっています。むしろ行動している間は何も考えられません。無心になるという言い方もできます。

今振り返ると、ハンディをもつ子供を授かったからこそ、手探りで模索しながら多くの人との出会いに恵まれ助けられながら、さまざまな経験を通して自分のエゴ心にも気づき事実を事実として見ることを学んだのかもしれません。

事実を客観的に見て、懸命に向き合って、なりきって行動した結果だと思います。共に越えたあとのすがすがしい気持ちが、どんなに素晴らしいものか知りました。私はハンディをもつ子供によって母になれたのです。

我と汝は唯識所変、縁じられたり縁じたり

横山紘一『「唯識」という生き方』p.129

個性

「なぜ、どうして？」と考え始めたのは何年前でしょう。長男が生まれ、二十歳までしか生きられない難病と宣告されたときからです。

それ以後、今もって考え続けています。「なぜ」というのはどうしてこのような病気に私の子供がなったのか、ではなく、「なぜ生きるのか」です。

長男に「なぜ僕は生まれてきたの？　生きるって何？」と聞かれたとき、何と答えたらいいのだろうかと考えるようになりました。身体が動かなくても考えることができる息子なので、将来きっと疑問に思うだろう。勝手に私が思い込んでいました。そうです、勝手に思い込んでいただけでした。実際はそのような会話は一度もありませんでしたが、私にとっては重大な問題でした。

私自身がこの世に生まれて一番知りたいことでした。息子も自分と同じような関心をもっていると思い込んでいました。「生きるって何？」は息子の病気がきっかけで私にとって大きな疑問となり、どうしてもその答えを息子に教えなければならないと考えるようになりました。何故か、そう考える道筋が私の中にすでにあったような気もします。

精神的に息子を支えなければと気負っていました。子供の世話をしながら考え、息子との会話の中でそれらしい言葉に触れるたびに、何か答えなければと必死でした。

他の子供となぜ自分は違うのかと考える息子に、どのように説明したらいいのでしょう。息子が考えるかもしれない疑問についての答えを探していたのです。身体が動かないことは普通の人より劣ってはいない。比べるものではない。いのちは平等でお互いに尊重することが大切なことだと教えたかったのです。あれこれ考えをめぐらせていました。比べるのはやめよう。

区別したり、差別するということを考えてみると、私たちは自然に物を分けるという性質をもっているようです。人の目は物を認識するとき、まず目に光が入った瞬間その光の中に何かを見ます。しかし、それは最初何であるか全くわからない、情報も何もない状態です。

これを西田幾多郎先生は純粋経験と言いました。

> 自分の意識状態を直下に経験した。その瞬間においてはまだ主観も客観もなく知識とその対象とはまったく合一している。これが経験の最も純粋な経験である。
>
> 西田幾多郎著／小坂国継全注釈
> 『善の研究』（講談社学術文庫　二〇一四年　p.49）

しかし、次第に物が認識できて、これはりんご、これはみかんだと物の形や色の情報とそれに名前を付けて他の物と区別するという段階に進みます。区別し名前を付けなければ他のものと混同します。

最初に目に入った瞬間の何もわからない状態は何の区別もしてない漠然とした

ものですが、これは物が何たるかを認識する前の未分化の状態です。私たちが最初に光とともに目にするものは差別のない世界です。この未分化の混沌とした状態が最初にあるという事実を知るという智慧をもつことが大切ではないかと思います。

ただ人間の都合で仮に名前を付けて分けているだけです。物を区別することは生活上必要ですが、反面区別することで差別が生まれ、問題が起こる場合もあります。

大切なことは深く客観的に考え意識することで、本来は物を分別する前に主観も客観もない初期の未分化の段階があるということを知ることです。便宜上名前を付けて分かりやすくしただけで良い悪いの区別はありません。

分けない状態の無分別で考える智慧をもつと黒も白も無い、障がい児と普通児もどちらも無いのです。それは障がいと言わず個性と言えるでしょう。

生きること

親鸞聖人の『歎異抄』の第三章に「善人なほもつて往生をとぐ、いはんや悪人をや」という良く知られた文章があります。初めて目にすると違和感をおぼえます。

善人が浄土に行けるのは理解できますが、どうして悪人こそが浄土へ行けるのか疑問でした。どんな意味なのでしょう。聖人は自分自身を深く見つめた人です。

ここでの悪人とはどんな人たちでしょう。

反対に善人とは自分の力で生きられる人。身体は健康、精神的に強く悪を遠ざけ、善行を施し、間違ったことはしない、品行方正な生き方のできる人です。「自力作善」の人といいます。しかし、そういう善人といわれる人は自力で善の行いを積み重ねようとするので、他力に頼る必要はないのです。信心の心がなくても生きていけます。

私たちもそんな生き方ができたらどんなに素晴らしいでしょう。でも、現実の生活はそう簡単に思うようにいきません。私たちのような凡人は煩悩のかたまりで、どの道を歩いたらいいのか迷うことばかりで、どんなに努力しても善人にはなれないとわかっているのです。

もう頼りにできるものがないと分かったとき、手を差し伸べてくれたのが阿弥陀さまでした。

聖人は「他力をたのみたてまつる」と、人はみな自分を含めた悪人だと言いました。仏教的な表現です。自分は弱い人間だと気づいている人は、自分の力に頼っては生きていけないので、本願の力に頼るしか道がないと考えます。精神的に弱い、身体は病気がち、年もとってきた、お金も無い、布施もできない、頼る者もいない、自分の力ではどうすることもできないと自覚した人のことです。凡人が生きることの限界にぶつかるときです。

善人でも根底に我意がかくされていることに気づいた人が他力を頼りにするのであれば浄土に往生できると聖人はいいました。悪人は自分が立派な人間ではないと自覚しています。善人は自分が悪人という自覚ができていないだけ、ということになります。

阿弥陀さまはすべての人を救済すると誓われました。自覚のない人間の「善人」が救われるのだから、自覚している我々「悪人」は阿弥陀さまに当然救われるということになります。

聖人は念仏しようと思う心が起こる時がすべての人が阿弥陀如来の救済の利益にあずかる時で、信心だけがあれば良いと言われました。若い人、老人、善人、悪人を差別することなく誰でも助けようとする本願であるからです。阿弥陀如来の本願による救いを妨げる悪などないのだからといいます。

聖人は言います。「念仏が阿弥陀如来の世界で迷いを超えた真実の国に生まれる種になるか、または地獄に落ちると脅す人々がいるようですが、まったく知りません」と。

続けて、「かりに法然上人に騙されて地獄におちるようなことになっても後悔はありません。念仏以外で修行に励み仏になるはずのものが念仏を唱えて地獄に落ちたのであるならば『騙された』という後悔もありますが、念仏以外の修行が不可能な自分にとってどう転んでも地獄がふさわしい場所です」と。

「本願が真実であるなら釈尊の教えもいつわりではないです。それにもとづいて善導、法然の教えは心に信じるところです。あと信じるか捨てるかはみなさんの判断です」と聖人は言われました。

聖人はある時、弟子の唯円に言います。本当に、私のことを信じているのなら、唯円よ、人を千人殺してもらおう、それができれば浄土への往生は間違いない、と問いました。しかし唯円は、それはできそうにありませんと答えます。

聖人は言います、すべてのことが自分の思うままになれば浄土往生のために千人殺せるはずである。宿業の深い縁がないから殺さないだけで、こころがけが善良であるからではない、と。

殺すまいと思っても、百人はおろか千人を殺してしまうこともある、善悪の行為が人間の思いを越えたいろいろな条件や契機によって突き動かされるのだ、と。

いつの時代も戦いが起これば否応なしに戦場に赴き、国を守るために戦わなければなりません。自分の思いとは違うけれど人を殺さなければならない状況です。そんなとき、自分の心をどのように得心させたらよいのでしょう。人は思いとは真逆の行為に向かわせる気持ちをどのように整理したらよいのでしょう。

日本の哲学者、西田幾多郎先生は、宗教的要求というものは「已《や》まんと欲して已《や》む能はざる（とめようとしても、とめられない）大いなる生命の要求」であると言われました。

現代社会は生産向上という目的に関心が集中しています。ＩＴ産業は先を争そい利便性や利益を追求し躍起になっています。

その結果人々の生活は潤いのない殺伐としたものとなり、生きている意味や目的を見失い、生き甲斐も見いだせなくなります。何のために生まれてきたのか、生きていることも意味がない、働くことも無意味となり、心は行き止まりに来ることもあります。はたしてこれが人の生活と言えるでしょうか。

本来の人間の営みからかけ離れた生活を気づかないうちに強いられています。しかし、その歯車に一度嵌るとそこから抜け出すことは容易なことではありません。他の人に負けてはいけない、と自分を励まします。それでも耐えられなくなると、無理をして身心共に病気を引き起こす結果にもなるでしょう。

そんな、人間として危機的状況になったとき、限界に直面したとき、どんなに努力しても人間には限界があると知るでしょう。このような場合が真の宗教的な場にあると言えるでしょう。何かに縋りたいのです。

人は静かに流れる時間のなかで、本来の人間の在り方や日常生活に向き合うことでゆとりある豊かな時を過ごし、自分を自覚し、自分を取り戻すことで危機的状況を脱出することができるのです。これらをきっかけにして新しい自分を目覚めさせる道に導くのが真実の信仰です。

「科学が人間を自然のままで完成したもの、あるいは教育によって完成へ導き得るものと考えているのに対して、宗教は、いかなる人間もそのままでは完成ではない、むしろ邪悪な、あるいは本来の在り方をしていないと考えます。」と、哲学者石田慶和先生は『生きることの意味——現代の人間と宗教——』（本願寺出版社　一九九三年）のなかでこう述べています。

私の場合、子供が二人障がい児で命の宣告を受けていました。二十歳の限りある命と言われても本当なのだろうか。間違いかもしれない。

どちらにしても後悔のないように育てたいと思いました。その難病を専門にしている病院を探し、専門に研究している医師を探し病気を治してくれそうなあらゆる情報を集めました。

そして、遠方まで子供を連れて訪ねて行ったり、受診したり、検査をしたり、走りまわっていましたが結局最終的には家族全員の生活を守ることが大切だと気づくのです。

再診に行くと経過をみるだけで、歩行の補助として装具をオーダーする程度で治療とは程遠い経過観察の繰返しでした。しかも家でリハビリはしなければなりません。それしか方法がないということにやっと気がつきます。難病なので治療法はありません。それまでずっと右往左往しているなかでこの世の無情をいやというほど思い知らされました。

だからと言って病気の状況は少しも変わりません。相変わらず毎日の生活は同じことの繰り返しで、辛いリハビリに費やされます。心配な気持ちも変わりません。毎日考えることは、やることはやった、もうあきらめるしかない。そんなところでしょうか。そばで子供を見ている親は辛いです。なるべく考えないように毎日を過ごすのでは情けないです。

では自分も安心し、子供も気持ちが楽になる方法はないのでしょうか。物理的には無理だと分かりましたが、心のもち方で変わるのではないでしょうか。

夢や希望のもてる考え方にこんな話があります。

釈尊が子をなくして狂乱している母親に、三代死者を出さぬ家の芥子をもらってきたならば子をよみがえらせようと約束をされ、空しくさがし求めた母親は、ようやく世の無常をさとって釈尊の教えに帰依したという物語は、突然おそってきた不幸に心の動転している人に、いかにして真の宗教的要求を生じさせるかということについて、実に多くのことを語っています。

石田慶和『生きることの意味―現代の人間と宗教―』p.164―165

私は共感しました。自分の力ではどうにもならない現実があるということを知りました。世の中の限界を知ったとき、やれることは皆やったとき、自分に何ができるのか。あと自分にできることは何なのか自問自答します。どん底まで行き、その先に何も見つけることができないとき、下まで落ちた者はもう這いあがるしか道はないのです。

どうやって這いあがるのかそこが分かれ道です。世の中を恨み自暴自棄になる人もいるでしょう。また、釈尊の弟子になった女性もいます。私の場合はこの物語に出会い、今までの自分とは変わりました。迷っている私に正しい道が示されたように思いました。縋るところがないというのは、なんと心細く不安で心もとないものでしょう。でも、自分と共感できるものを見つけたら強くなれます。

所詮、人間は弱いものです。どう頑張っても一人では生きていけません。認めたらいいのです。受け入れたらいいのです。強がらなくてもいいのです。あるがままで力を抜いたらいいのです。

私は祈ることで安心が得られました。私は導かれた道を歩くことを選びました。

西田幾多郎先生は宗教的要求を大いなる生命の要求であると言われます。魂の要求です。人間は自らのはからいをすてて、はじめて人生の苦悩から解放されると言います。

はからいをすてるとは、力を抜いてすべてをお任せすることで、現実の世界で自分の努力だけではどうにもならない大きな挫折感や、人間の能力の限界に直面した人は身に染みて納得するでしょう。

道徳の立場では、そうした善にむけての心のひるがえりは自分自身の努力によって為すべきであるし、また為すことができると考えますが、宗教の立場では、そこに人間の能力の限界を見るのです。善と知って行い得ず、悪と知って避け得ぬ自分というものにぶつかった時、私たちは大きな挫折感をもたずにはおれません。さらにそれだけではなく、自分自身に対しての反省が深まれば深まるほど、善に向かうどころか、悪しきことにのみ心が動くあさましい自分の姿が明らかになってきます。

石田慶和『生きることの意味―現代の人間と宗教―』p.180

宗教は道徳とちがって人間の能力の限界に直面し、そこに人間を超えた次元からの力が加わることを経験してあらたによみがえり、それ以前の生とはことなった生を歩みだそうとします。そのひるがえりにおいて、道徳的な意味でも、自分はつくりかえられたと自覚する場合が多いのです。その点から言えば、宗教は道徳の立場を超えて、しかもそれを底から支えていると言うこともできましょう。

石田慶和『生きることの意味―現代の人間と宗教―』p.183

私は自分の限界を知りました。共に歩いてくれる人を探していたのかもしれません。共に荷物を背負って歩いてくれる人をずっと待っていたのかもしれません。「そのままでいいよ、無理しなくていいよ」一緒に行こう、と言ってくれる人です。私はやっと自分の安心できる場所を見つけることができました。

と同時に、
子供も私の安心を感じ、心が穏やかになったことでしょう。
これで安心して毎日を過ごせる。
日常の煩わしいことも心に強く根を張れば、多少の風で煽られても頑張れます。

Ⅱ

うしろばた はるよ　エッセイ集

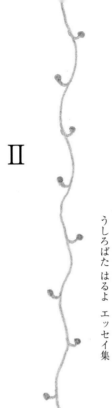

自己変革

仏教の哲学的見方に「唯識」があります。「唯識」の思想とは、私たちを取り巻くあらゆる存在が、ただ八種類の識によって成り立っているというものです。

八種類の識とは五種類の感覚（視覚、聴覚、嗅覚、味覚、触覚）と意識、二層の無意識（末那識、阿頼耶識）で、個人的に構想された識なので客観的な存在ではありません。実体のないもので、すべての諸存在は「空」であるといいます。

唯識の中には実際に私たちの生活に役立つものがあります。仏教学者の横山紘一先生は唯識で自分を変える方法は二つあるといいます。他人を変えることは難しいので自分が変わるように訓練した方が早いでしょう。

一つは正聞熏習《しょうもんくんじゅう》を常に意識する、もう一つは無分別智《むふんべつち》になって生きる、という方法です。

正聞熏習とは難しい言葉ですが、正しく語られた言葉や正しい教えをくり返し聞くことでその教えや言葉が深層心の阿頼耶識に熏習され、積み重ねられ心の奥にある種子に栄養を与えて育てるというものです。種子はやがて芽を出し、花を咲かせるでしょう。阿頼耶識にくり返し熏習し、深層心を変えていくというものです。

自分にくり返し言い聞かせることで自らを変えることができるといいます。素晴らしい思いを言葉に出すことで心は和み楽しく愉快になります。嫌な過去は言葉にしない。心地よい言葉だけを口にするようにするのです。

また、無分別智で生きていくこととは、一般的に分別とは常識的な考えや判断をいいますが、ここでの分別は違います。仏教では［vi-kalpa］（ウィカルパ）といい、二者択一、選択、区別、能分別、異分別という意味です。本来は区別をしない、分別をしない智慧です。

なぜ、無分別智で生きることが自分を変えることになるのでしょう。例えば人に親切にした場合に、してあげたという思いや気持ちをもたない智慧です。見返りを求めない、した人とされた人を区別しないという智慧をもつことです。自分と他者を分けない智慧です。ではどうしてそのような智慧が必要なのでしょうか。

人間は他人のために善いことをしたと思っても実は自分のためだった、というように、自分の行為はいつも自己中心的になりがちです。自分、私というものがあって、どうしてもそこから抜け出せないのが私たち人間です。

人間とは本来そういうものだということを自覚することが大切です。自分、自分と思うからこそ、そこに対立する他人を作り出します。自分と他人を分けてしまう現象が起こります。

自分と他人とを分けない智慧をもつことで対立はなくなります。これが無分別智です。自分は自己中心的であると常に意識することで、それが習慣となり客観的に自分を見ることができます。

唯識思想では心のなかの「末那識」が「自分」「自分」と執着し続けるといいます。これは表層の自我執着心で心身を対象とするものです。本当の自分とは原子と分子の集合体で自分とは言えないただの肉体のかたまりにすぎません。自分と呼べるものは本当はない、同時に他人も同じように原子と分子の集合体だと認識できます。

執着する心がなくなれば客観的な自分と他人の関係性が分かってきます。これが自分と他者を分別しない無分別智の智慧です。

横山紘一先生は『「唯識」という生き方』のなかで次のように語っています。

生きている自分は何と不思議で稀有な存在でしょうか。そして、貴重な存在だと思うと畏敬の念がこみあげてきます。大切に生きることを教えてくれます。生きているという不思議な事実を有り難くいただき意識して多くの体験を縁として種子を育んでいくことで自分を少しずつ変えることができます。

心だけが存在します。自分はないのですが、心だけは存在します。心に映し出されたものを私たちは外に見ているのです。

また、唯識思想ではものには「縁起の力」というものが働くといいます。例えば、鏡に自分を映したときにどのように見えるかその瞬間を分析すると、鏡の前に立つという縁を得て、心というキャンバスに深層の阿頼耶識に潜在する種子から視覚の「感覚」が現れ鏡に像を描きます。次にその像に「思い」が加わり「言葉」となるといいます。思いというのは「疲れた顔をしているな」とか「老けたな」というもので、続いてこれが言葉になります。私たちが鏡を見た一瞬のうちにこの「感覚」「思い」「言葉」が働くといいます。

この三つのうち、これも一人一宇宙ですので想像の域を脱しないのですが、たぶん感覚にはそれほど個人的な相違はないでしょう。しかし、思いに至ってはかなりの個人差があります。例えば、桜を見て、美しいと愛でるひとがいる一方、桜を見ると心が落ち着かず、梅の花のほうが好きだと思う人もいます。その人の深層のありようによって思いは変わってきます。いまは花の好き・嫌いを例に出しましたが、問題は、感覚でとらえたものを、貪り、怒りなどの煩悩という思い・情緒で色づけするということです。

横山紘一『「唯識」という生き方』p.35−36

横山先生によると、一人一宇宙と考えると、思いや言葉は顔が違うように皆それぞれ異なるということです。したがって、自分と他人の意見が違うのは当然です。その人それぞれ一宇宙をもっているから、お互いに個人の宇宙を尊重すればいいのですが、しかし、そう簡単にはいきません。

私たちは常に自分中心に考えますから損か得か気分がいいか悪いかといつも瞬間的に頭が働きます。自己中心のかたまりです。そういうときに感情ではなく冷静に事実を考えることが大切です。事実を見ることで関係性がわかってきます。

また、電車に乗って席が空いたのでその席に座る。「座れてよかった、ラッキー」と思うでしょう。この時に良く考えると、事実は立つ人は他人、座るのは自分です。楽ができるのは自分です。関係性を考えると、相手が立っているから自分が座れるということに気がつきます。そして、立っている相手に対して感謝の気持ちが湧いてきます。「私が座れたのはあなたが立っているからです」と。他人と自分が関係的に存在することに気づくのです。

唯識の考え方では、ものの実体は無いというところから自分が、自分がという執着から離れることができます。そこから事実を事実として客観的に見ることで正しい生き方が見えてくるでしょう。次にその事実についていろいろな解釈ができます。

事実をどう解釈するかは個人的選択ですが、折に触れ自分を変える正しい方向を意識しながら習慣にしたいものです。

・正聞熏習はくり返し正しい教えや言葉を聞くこと。
・無分別智は自分と他人を対立させるのではなく事実を事実としてとらえ関係性を考えることで事実を自覚し、区別しない智慧です。

『般若心経』

般若心経の「色即是空《しきそくぜくう》　空即是色《くうそくぜしき》」の「空」はソラではなくクウと読みます。仏教の根本教理といわれるものを表した有名な言葉です。般若心経の「色」と「空」の関係をサンスクリットで読んでみます。

『般若心経』は玄奘三蔵がインドから中国に持ち帰り漢訳した経典です。『般若心経』には大本テキストと小本テキストがありますが、私たちが親しみ唱えているのは小本です。その前後にある文章を含めたものを大本と呼びます。

経典の内容は物語形式です。まず、求道者・聖アヴァローキテーシヴァラ（観自在菩薩）が長老シャーリープトラに説法するという大本の序の部分から始まります。

舞台は霊鷲山で、世尊が瞑想をしているなかで見た観世音菩薩と長老の会話です。

このようにわたしは聞いた。あるとき世尊は、多くの修行僧、多くの求道者とともにラージャグリハ（王舎城）のグリドゥフラクータ山（霊鷲山）に在した。そのとき世尊は、深遠なさとりと名づけられる瞑想に入られた。そのとき、すぐれた人、求道者・聖アヴァローキテーシヴァラは、深遠な智慧の完成を実践しつつあったときに、見きわめた。―存在するものには五つの構成要素がある―と。しかも、かれは、これらの構成要素が、その本性からいうと、実体のないものであると見抜いたのであった。そのとき、シャーリープトラ長老は、仏の力を承けて、求道者・聖アヴァローキテーシヴァラにこのように言った。「もしも誰か或る立派な若者が深遠な智慧の完成を実践したいと願ったときには、どのように学んだらよいであろうか」と。

中村元、紀野一義訳註『般若心経　金剛般若経』より

そして、夢の中の物語は続きます。小本に移り、観自在菩薩がシャーリープトラ長老に説いていく『般若心経』の物語が展開します。

『般若心経』のなかで一番重要な「色即是空　空即是色」は漢訳ですが、サンスクリット（梵語）では次のように書かれています。

【梵語】 यद् रूपं सा शून्यता या शून्यता तद् रूपम् //

【ローマナイズ】 **yad rūpaṃ sā śūnyatā, yā śūnyatā tad rūpaṃ.**

【単語分析】 **yad** (yat.sg.n.N.) **rūpaṃ** (sg.n.N.) **sā** (tad.sg.f.N.) **śūnyatā** (f.sg.N.),

【直訳】 それ　色　それ　空

yā (yat.f.sg.N.) **śūnyatā** (sg.f.N.) **tad** (tad.sg.n.N.) **rūpaṃ** (sg.n.N.).

それ　空　それ　色

色《しき》それは空《くう》である、空それは色である、と訳します。

「色即是空、空即是色」は、「色というものは、それは空性というものである。

空性というものは色というものである」と説いています。この世に存在するすべての物は空《くう》、何もないといいます。ただ五蘊が存在する、そして、その五蘊の本質は空であると見極めなさい、といっています。

五蘊とは五つの群れでかたまりをいいます。色受想行識を五蘊といい、色《しき》とは形有るもの、存在する物をいいます。受は苦しいとか楽しいといった感受作用。想は言葉をおこすこと、言葉による認識はすべて「分別《ふんべつ》」となり、「虚妄分別《こもうふんべつ》」といい本来は間違った認識です。

行は精神的な働きが一定の方向に働く意思を指す言葉で、識は認識作用の中心体です。そのような五蘊によって物ができているといいます。

宇宙に存在するすべての形有るもの、物質や現象は固定した実体は無い、形有るものは本来はないということです。

自分自身も五つの集まりによって仮に有るものにすぎないといいます。実体は無いといいます。感じる意識があるだけで、そのもの自体の存在が客観的にそこにあるのではないという教えです。

私たちが普段自然に生活しているのは五蘊の世界の中での出来事で、見たり、考えたり、触ったり、感じることも仮の世界で実体は無いということです。私たちの住む世界は「色」の世界で、五感でしかとらえることのできない世界だということです。物はすぐそばにあると思いますが、指先の感触、視覚からの情報、聴覚からの情報など感覚器官の情報でしか物をとらえることができません。

確かに物の実体がそこに有るとは言えないでしょう。この実体が無いことを「空」といいます。何も無いといいます。実体の無い現象の世界だといいます。これが「色」即是「空」、色はすなわち空です。

私たちはこの現象の世界で物質への執着や煩悩に悩まされ苦しんでいるということになります。実体の無い世界で、無いものに縋って何が得られるでしょう。ただ変化するものを追いかけているだけなのでしょう。

実体の無い世界だということを知る智慧をもちましょうと経典は説いています。人間のもつ煩悩の最たるものである執着から抜け出すための智慧です。これが苦しみから解放される智慧なのです。

無量寿経に、仏の世界で菩薩は修行して如来になるといわれますが、菩薩は修行を終えたあとでも、救われない人がいる限りこの世に留まり人々を救い続ける、とあります。

菩薩は修行をして空を知り将来如来になります。それが「色即是空」。この世でさとって空を知り天上へ行くはずですが、菩薩は天上には行かず、如来にはならず、再びこの世に戻り一人残らず人々を救うまでは留まる強い決意を示します。これが「空即是色」です。

一枚の紙があります。紙の表を見てこれが紙だと思います。そして、裏返して見ます、そうか、裏はこうなっているのか。表裏を見ました。これが「色即是空」の世界です。

また裏がえしの紙をもとに戻して表を見る、これが「空即是色」の世界です。二度目に見た表は初めに見た表とは違って見えるはずです。それは裏を知ったうえで見る表なので、裏を知る前に初めに見た表とは主体側の見方が変わります。

また、我々が犯罪者を見るとき、罪を犯した悪い人間だと思います。確かに犯罪人です。

しかし、その人の生い立ちや置かれた環境など徐々に経歴が明らかになると、極悪人でもその内面は親の愛情を知らず孤独であったり、いじめられた過去など努力しても報われない人生だったとむしろ同情さえ覚えます。極悪人になっても無理ない気の毒な可哀想な人に見えます。

なんとか善良な人として再生できないだろうか。これが慈悲の心です。最初に見た人は犯罪者ですが、その内面を知ったあと再び見るその人はもう極悪人ではありません。さまざまな事情を抱えた気の毒な人なのだ、と私たちの見方は変わるのです。

一度空を知った人は知る前の「色」とは全く違う「色」の世界へ戻り、菩薩はこの世に留まり苦しんでいる人々を一人残らず救い続けるのです。これが「色即是空、空即是色」の世界です。

降兜率《ごうとそつ》　子供は親を選ぶ

お釈迦さまの一生を八つの時期で表したものを「八相成道」といいます。⑴降兜率　⑵託胎　⑶出胎　⑷出家　⑸降魔　⑹成道　⑺転法輪　⑻入滅です。

仏教ではお釈迦さまは兜率天から白い象に乗って摩耶夫人（お釈迦さまのお母さん）の右脇腹から胎内に宿ったといわれています。お釈迦さまが住まわれていた兜率天とは一体どんな所なのでしょうか。

兜率とはトゥシタ、サンスクリット語「Tuṣta」は『モニエル梵英辞典』によると［tuṣti］(f.) satisfaction, contentment,、「Tuṣta」は mother of the Tushitas. とあります。

トゥシタとは女性名詞で満足という意味や、母や妻という意味があります。子供とも関係があるのでしょう。

兜率天は仏教の世界観における天界のひとつで内院と外院があります。内院は次の世に出現すべき菩薩たちがいる世界で現在は弥勒菩薩が五十六億七千万年後に備えて修行をされているといわれます。外院は天が住むところです。

兜率天のいる天界は欲界、色界、無色界の三つに分けられます。欲界には、他《た》化自在天《けじざいてん》、化楽天《けらくてん》、兜率天、夜摩天《やまてん》、忉利天《とうりてん》、四大王衆天《しだいおうしゅてん》の六欲天がいます。兜率天は欲界の中にいる六欲天の下から四番目になります。お釈迦さまは欲界の下から四番目のところで修行をされていたことになります。

兜率天から産まれてくる様子は、大蔵経の『方広大荘厳経』〈十二巻〉に次のように書かれています。

兜率天宮品第二によりますと、菩薩の住む天宮では次の四種を観じてからその母胎に入ります。それは、時期、方角、国、種族です。

また因果経では、閻浮提《えんぶだい》へ下生する、のちのお釈迦さまである聖善菩薩は、兜率天で自ら「五観」というものを観じ、下生されたといわれます。閻浮提とは私たち人間が住む世界です。

自ら観じる「五観」とは、

1. 衆生の機根が熟しているか：最も衆生を導き難い時代で五濁悪時にこそ人々を導きたいと決意。
2. 最良の時を推し量る。
3. どこの国が最適か：貧しい場所で。知性は優れて解脱を目指そうと思いやすい環境。
4. その国のどの種族が最適か：生まれたときから資産があれば、人々から一目置かれる存在で、そのようなものは必要ないと説けば人はその話に耳を傾けてくれる可能性が高い。
5. 過去の因縁など閲し、父母として最もふさわしいか、観ずることです。

このようにしてお釈迦さまは自らの意志で慎重に父母を選んで生まれました。

そのくらい周到に準備し覚悟を決めなければ、後に広く衆生を救済する人にはなれないでしょう。

もしも、自らの意志で生まれてきた、自分が選んで生まれてきたと考えると、この置かれた環境は自分が望んだものだから、自分はここから何を学ぶことができるかと、謙虚に深く自分を見つめることができるでしょう。

知らないうちに気がついたら〝生まれていた〟では、頼んでもないのにとか、生まれたくなかったのに、という投げ遣りな思いから本来の学びから遠ざかることになりかねません。最もふさわしい学びの環境に生まれるようになっていると思ったらどうでしょう。自ら選んで生まれたことを知ることで、のちの人生での学びの機会は多くなることでしょう。

もし自分が障がいをもって生まれたら不幸なのでしょうか。目で見てわかる障がいは他人から理解しやすいですが、外から見えない障がいもあります。自分らしさとは何か、人としてどうあるべきか、学ぶべきものは何か、どう自分を生かせるかを問い続けることで目で見えない大切なものが在ることを知るでしょう。
そう考えると両親の深い愛情、周囲の思いやりに心からの感謝の気持ちが自然に溢れてきます。私たちは目からの情報に振りまわされ、目で見えるものの背後にはそれ以上に多くのものが隠されて存在することに気づきません。経験は学びです。その渦中でもがいているときは、これが苦労などと考える間もないほど一生懸命苦労に取り組みます。あとになってからいい経験だったと振り返ります。

次々と目の前に起こる問題を解決しようと夜も寝ないで考えます。そのうち必ず雲の切れ目から光が差し込んできます。一心不乱に問題の解決に奔走していると、見ていてくれる人が必ずいるものです。有り難い、その出会いも準備されているかのように思います。

人はいろいろな経験から小さなことの積み重ねで必ず事態が変化すると感じるようになり、何が起こっても乗り越えられる自信のようなものが身につくように思います。過去のあの経験が今の自分を作ってくれました。あの大変な時期があったから幸せというものを感じられるようにもなりました。無駄な経験はありませんでした。

自ら選んでこの世に生を受けたと考えると、これは稀有なことで、条件が整ったなかで幸運にも生を受けたものだと謙虚に有り難く受け取り、前向きに生きることに取り組んでいけると思います。

願成就院の不動明王

鎌倉仏師、運慶作の仏像が伊豆の国市韮山《にらやま》の願成就院にあります。
運慶と言えば奈良東大寺の南大門金剛力士像を思い出しますが、初期の作品としては円成寺の大日如来が有名です。また、弘法大師が唐から日本へ密教を伝え、そののちに嵯峨天皇から賜った高野山金剛峰寺の八大童子立像などが代表作品です。

願成就院には運慶作の阿弥陀如来坐像、不動明王と矜羯羅《こんがら》、制吒迦《せいたか》二童子立像と毘沙門天立像の五体があるそうです。

早速出かけることにしました。御殿場から南に車で一時間ほど走ると門の前に着きました。それほど大きなお寺ではありませんが、門から見ると庭園は綺麗に整えられています。大切に守られている心が伝わってきます。

門の前には三台ほどの車止めの場所がありますが、しばらく周囲の様子をうかがいながら車を駐めました。誰も人はいません。

パンフレットによると、願成就院は一一八六年五月三日に鎌倉幕府初代執権であった北条時政の発願によるもので、その発願された仏像を運慶が作り始めたのも同日で、これは毘沙門天像、不動三尊像の胎内より発見された造像銘札に記されています。

北条時政の娘婿の源頼朝の奥州藤原氏討伐の戦勝を祈願して一一八九年、発願三年後に寺は建立されました。後に北条氏の氏寺として塔、伽藍など次々に造営され、伊豆屈指の大寺院となり繁栄をきわめました。しかし、一四九一年に北条早雲による動乱でほぼ全焼した、とあります。

門からは正面に本堂が見えるので庭の中央を歩いていくと本堂右に拝観の受付があります。そこには背の高い白人の男性が立っています。仏像を拝観したいと伝えると本堂の鍵を開けてくれました。お寺の職員さんに外人さんとは珍しいです。最近は海外でも禅に興味をもつ人が増えたと聞きますが、日本で直接仏教に触れたいと思う人なのでしょうか。私の勝手な想像ですが、その行動力に感心します。

本堂に入ると正面に運慶の勢いのある若々しい仏像群が迫ってきます。こぢんまりとした本堂なので、すぐ目の前に刀跡を見ることができました。誰も人がいないので独り占めです。なんという贅沢な時間でしょう。ゆっくり仏像の表や裏や横と観察できたのは幸運でした。

運慶は奈良仏師であった泰慶の子で誕生は不明ですが、おそらく一一五〇年頃とされ、願成就院の造仏を始めたのは三十五歳前後と思われます。運慶は多くの不動明王を残していますが、表情豊かで身体つきも動的です。仏像彫刻に興味のある私には、こんな近くで本物が見られるという思わぬ幸運に恵まれました。

仏像に初めから興味があった私ではありません。長男、次男の難病をきっかけとして仏教に出会い、その教えを知り祈ることで心が救われたのです。もっと深く知りたいと勉強を進めるうちに仏像彫刻に興味をもち、小さい仏像を何体か彫

る経験もしました。多くの仏像を観るうちに作者の思いが作品に現れていること
に気づいたのです。どんな人がどんな思いで刀を入れたのか想像をかきたてられ
ます。

運慶の作品に最初に出会ったのは円成寺の大日如来と記憶しています。バラン
スのとれた姿形に整ったお顔はまさに仏の世界の王に相応しいものでした。空海
が静と動を高野山と京都で過ごしたように、大日如来が静なら不動明王は動とし
て仏像の世界で運慶によって完成された姿に造られたのでしょう。

不動明王などの忿怒形《ふんぬぎょう》はどのようにしてできたのでしょう。人間世界でも怒る
という感情表現はありますが、不動明王の怒りは愛するが故の慈悲の怒りといえ
るでしょう。顔の額に皺をよせ忿怒形で威嚇し牙を見せて手足をむき出し、今に
も動きだしそうで個性的な特徴をもちます。人間界と同じように仏の世界も優し
い仏ばかりではなく、時と場合には厳しさも必要だということでしょう。

「明王」と「不動」

不動明王、愛染明王、孔雀明王などの「明王」とは、梵語で「vidyā-rāja」といいます。ヴィデヤーは「明るい」、ラージャは「王さま」という意味で、『大日経』を訳した善無畏《ぜんむい》が最初に漢訳したと思われます。

この「明」とは元来「知る」という意味の動詞から派生した「知識、智慧」を示す「ヴィデヤー」という女性名詞です。

仏教で智慧は特別なもので、真理に即して物事を認識し正しく判断する能力をいいます。知識とは区別されました。古来より女神崇拝の信仰は根強く、特殊能力に優れて無から有を産み出す女性の力は偉大であったことから「智慧」は女性名詞になったと思われます。

この智慧がどのように生じるかと考えた場合、聖なる音を唱えると神秘的な力をもつという言葉そのものを「ヴィデヤー」と呼びました。聖なる秘密の言葉は密教では陀羅尼や真言という一種の呪力をいいますがその呪力をもつ王が明王の本来の意味のようです。

明王の起源は紀元前十四世紀の書物に記載が残るインドラというバラモン教の雷神、英雄神にさかのぼります。武器として大きな鉄アレイを胸に抱え馬に乗る姿は今も資料として残っています。鉄アレイはヴァジュラといい、後に法具として仏教に取り入れられることになります。

インドラ神（帝釈天）はバラモン教の経典『リグ・ヴェーダ』の最も中心的存在の神で、経典の半分以上が偉大で強い、雷神、軍神といわれるインドラ神に捧げる讃歌です。非常に人気のある強力な神々の中の帝王でした。

インドラ神の抱える武器は金剛杵《こんごうしょ》と呼ばれるようになり、金剛杵を持つ者ヴァジュラ・パーニーへと成長します。ヴァジュラは金剛、パーニは手でダイヤモンドと同じくらい硬い金剛石でできた武器を手に持つものという意味です。インドラ神の持つ大きな武器は自衛のためで、攻撃には大きすぎます。自分に向かってくる敵の槍や弓矢をかわすのには役に立つでしょう。

この武器である金剛杵に注目すると、次は釈迦の時代に出現します。釈尊を中心に自衛者として両側に帝釈天と梵天を配する石像に見られます。帝釈天は釈尊のボディガードとして釈尊の後ろか左右に、髭を生やし短パンをはき、手に鉄アレイを持った姿で表現されています。鉄アレイはインドラのものより少し小さいものですが、しっかり手に抱えられています。武器として小さくなり使いやすく変化したものと思われます。

釈尊を守る自衛者は後に二者に分かれます。一方は武力的に守る者、他方は秘書官になり聞き役になる者です。この聞き役を対告衆《たいごうしゅう》といいます。聞き役になった手に武器を持つものが仏教では金剛手菩薩となり、後に金剛薩埵《こんごうさった》に変わります。また、武力や力で守るものは寺院の入り口で密迹《みっしゃく》、那羅延《ならえん》として最終的には仁王になります。東大寺南大門の左右にある「阿」「吽」の金剛力士立像は仁王の代表ですが、強く恐ろしい顔で寺院を守り敵を威嚇しています。

一人で守るのは、東大寺三月堂で年に一度、十二月十六日に拝観できる執金剛《しゅこんごう》神《しん》です。右手に大ぶりの金剛杵を持ち、敵を倒すために身体は筋肉質です。これが自衛者の正統派で、この要素の一部が明王に引き継がれます。十二月十六日という日は良弁ゆかりの像として開山忌を開扉日としたようです。

金剛力士像や執金剛神は金剛杵を手に持ち、顔は今までとは違い怒りの表情に変わってきます。外に向かい威嚇するように金剛杵を振り上げ、忿怒の表情で、門番としての役割を担い、仏たちや法を守る姿勢です。

明王と呼ばれる尊格は、孔雀明王を除き、「忿怒」といわれる怒りに満ちた表情で、多面多臂《ためんたひ》の容姿が特徴です。明王は、大日如来の化身として仏教に帰依しない者たちに対して恐ろしい姿形を現し調伏《ちょうぶく》し、教化する存在でもあります。

また、日本の「不動明王」に相当する大忿怒王といわれるチャンダ・マハーローシャナ、別名アチャラ（acala）と呼ばれるヒンドゥー教の神がいます。シバ神の多くの化身のなかの一人であったことは確かなようです。

a-cala（不動明王）の原語は、cala が動くという意味で、a を語頭につけるとその反対語になり、不動という意味になります。無動ともいいます。a-cala の場合しばしば後に nātha がつきます。ナータとは尊者という意味で「アチャラナータ」というインドの尊格にあります。

「不動の守護者」という意味で、不動尊という呼び方はナータから来ているようです。「不動尊」は信仰や祈りの対象として呼ばれることが多いようです。図像学的には「不動明王」と呼ばれます。

最初は大日如来のそばで童子の姿をしていますが、後に言うことを聞かない人々を教化するために恐ろしい姿の「忿怒形」となったといわれています。

チャンダ・マハーローシャナは、『サーダナマーラー』（観想の花環）という仏像の図像集によると、煩悩やシバ神などヒンドゥー教の神々に無明の闇で苦しめられている衆生を見て、煩悩やヒンドゥー教の悪魔たちを羂索《けんさく》で縛り、剣で切り刻み、慈悲心をもたせたとあります。

弘法大師空海が唐から帰国する際、暴風雨に遭い、不動明王像に祈願して難を免れたという伝説が残っていますが、一般に不動明王は剣と羂索によって悪しき者を救い取り、災難を除いてくれる仏となりました。

不動明王が文献の中で一つの尊格として確立されたのは密教経典です。六～七世紀に成立したと思われる菩提流志《ぼだいるし》訳の『不空羂索神変真言経』の第九巻に、

北面従西第一。不動使者。
左手執羂索。右手持剣。半加趺座。

北面の西より第一は、不動使者なり。
左手は羂索を執り、右手は剣を持し、半跏趺坐《はんかふざ》す。

とあります。たった二行ですが、この「不動使者」が原初の不動明王であるといわれます。最初は使い走りでした。

それから約三十年後の八世紀中頃、玄宗の時代、善無畏訳の『大日経』(『大毘盧遮那成仏神変加持経』)の第二章「具縁品《ぐえんぼん》」(「入曼荼羅具縁真言品」)には次のようにあります。

真言主之下　依涅哩底方
不動如来使　持慧刀羂索
頂髪垂左肩　一目而諦観
威怒身猛焔　安住在盤石
面門水波相　充満童子形

大日尊の下、涅哩底（南西の方向）に不動使者あり。慧刀《えとう》と羂索を持ち、頂髪、左肩に垂る。一目にして諦観し、威怒身にして猛炎あり。安住して盤石にあり。面門に水波の相あり。充満（肥満）せる童子の形なり。

このように「不動使者」は大日如来のしもべで、使い走りの役割を担っています。慧刀とは煩悩を断ち切る刀で、智慧を象徴とする利剣をいいます。羂索を持ち、髪は編み左肩にかかり、忿怒の表情で燃えさかる炎を背負い、破邪救済を現しています。

堅固な大きな岩に立ち、眉間に衆生を哀れんでできた皺は慈悲の深さを現し、少し太り気味な童子の姿です。胎蔵曼荼羅の基本イメージの図像でしょう。後に『大日経』の不動は「十九観」に特徴を増やし流布されるようになり、平安時代中頃には図像的特徴が固定化されたようです。

不動明王の特徴として挙げられるものは、真言、陀羅尼をもちます。そして、童子の姿を現し肥満です。肥満形はインドでは理想的な姿ですが、次第に悪を調伏する忿怒形を強調するようになり、子供らしさは消えていったようです。原則としてしかめ顔で額に皺があること、右手に剣を左手に羂索を持ち、大磐石《だいばんじゃく》に安坐し剣には倶力伽羅《くりから》龍がまとわりつく形が多いようです。

光背に迦楼羅炎《かるらえん》を現します。カルラとはサンスクリットのガルーダの音写で、金翅鳥《こんじちょう》ともいわれ、煩悩を食べつくす智慧の炎を現します。その他、矜羯羅、制吒迦が脇侍として侍しています。

以上のような特徴をもつ不動明王は、仏の世界では実に行動的、積極的で親しみやすく人間に近い存在のようです。誰にも分かりやすく顔の表情や手に道具を持ち、すぐにでも動きだし、素早い反応で私たちの願いに応えてくれそうです。

東大寺の大仏

奈良に住み半世紀になりますが、来客があると、まず大仏殿をご案内します。いつ見てもその壮大な佇まいに圧倒されます。

奈良時代は七一〇（和銅三）年から七八四（延暦三）年で、政治の中枢にいた藤原四兄弟が次々と天然痘で亡くなり、ついで飢饉、そして七三四（天平六）年の大地震で大きな被害をうけ、社会的不安にさらされました。

九州では藤原広嗣の乱が発生。疫病、飢饉、天災など蔓延するなか、聖武天皇は国分寺の建立や大仏の造立で社会不安を取り除き、国の安定を測ります。天皇は『華厳経』の精神をもって日本統治を計り、大仏を建立し総国分寺としました。大仏さまの本名は盧舎那仏といい、中央アジアでおそらく三世紀から四世紀にかけて成立したと思われる『華厳経』に説かれています。

聖武天皇により七四三（天平十五）年十月十五日に大仏造像が発願され、ほぼ九年後の七五二年に開眼供養が実施されました。光明皇太后、孝謙天皇が列席、師はインド出身の菩提僊那《ぼだいせんな》でした。

大仏の高さは14.7m、その後一一八〇年、一五六七年に焼失します。

盧舎那仏は「蓮華蔵世界」の中心的存在で世界の存在そのものを象徴する絶対的な仏です。「毘盧遮那《びるしゃな》」とも呼ばれ、原語は「Virocana」（ヴァイローチャナ）で、密教における大日如来と語源は同じです。

ヴァイローチャナは三千世界を遍《あまね》く光り輝き照らし、全く陰の無い世界の教主だといわれます。

東大寺の盧舎那仏は二十八枚の蓮の花弁の蓮華座に座し、その一枚一枚にはそれぞれ盧舎那仏を囲むように菩薩、仏、あらゆるものが存在する『華厳経』の世界観の中心となる蓮華蔵世界を現しています。

経典『華厳経』(Avatamska Sūtra)の中で特に有名なものの一つに「入法界品《にゅうほっかいぼん》」(Chapter on the Enterance into the Dharma-realm)があります。

「入法界品」は善財童子という求道者が文殊菩薩を皮切りに五十三人の善知識(指導者)を訪ねて、最後に普賢菩薩に会い悟りに到達していく過程が説かれた物語です。五十三人の中には菩薩や修行僧だけでなく、長者、医者、婆羅門《ばらもん》、外道、子供、女神、遊女など、先入観なしに謙虚にいかなる人からでも話を聞くという態度は好感がもてます。

幅広く教えを乞うためにいろいろな世界の人たちを訪ねて歩いてまわります。

五世紀初め、『華厳経』は中国に渡りました。世界遺産の龍門石窟、洛陽の崖には悟りを開いた釈迦の像である盧舎那仏が、向かって右に文殊菩薩、左には普賢菩薩を従えています。

「入法界品」で善財童子が最初に訪ねた指導者の文殊菩薩と最後に訪ねた普賢菩薩がしっかり両脇に配され、経典を基本とした仏像を忠実に再現したものと思われます。

さて、東大寺では毎年春にお水取りの行事が行われます。

アメリカでの私たち家族の体験した悲惨な出来事があったあと、息子は日本で気管切開、二ヶ月後退院し、自宅で呼吸器に繋がれ安定した毎日を送っていました。居間はＩＣＵの部屋に様変わり、関係者以外は出入り禁止にし、消毒液を常時設置し、緊張した日々でした。月に一度往診をお願いした病院は東大寺のすぐ近くにあります。いつもの往診の先生に首の切開部分の周囲の手術を勧められ、予約した日が三月十一日、ちょうどお水取りの行事の最中でした。

気管切開をした首の周囲の肉芽組織が日毎に大きくなりカニューレの装着部分が狭くなってきたので、盛り上がった皮膚を取り除く手術です。大きな手術ではないので大丈夫だとは思いましたが、心身ともに弱っている息子がはたして耐えられるか心配でした。先生を信頼しておまかせするしかありません。どのくらいの時間がたったのかハラハラしながら手術が終わるのを祈るように待ちました。

やっと無事に病室に戻ってきました。手術に向かう息子そのままの姿で戻ってきてくれました。子供のことではハラハラドキドキの連続です。思えばちょうどお水取りのこの時期に手術とはラッキーだったかもしれない、有り難いと直観しました。十一日は十一面観音のご縁の日、お水取りの二月堂のご本尊は十一面観音です。観音さまに感謝です。

その晩は外から聞こえてくる賑やかな人声や車の音がいつまでも途切れることはありませんでした。看護師さんの詰所の隣がＩＣＵで、私もそこで息子にずっと付き添っていました。急に人の声が大きくなるとスルスルとドアが開きベッドが運び込まれてきました。緊急の患者さんが隣のベッドに運ばれたのです。ＩＣＵの部屋は二人で満室です。

次の日、明るくなると隣のベッドのご家族がみえて挨拶をされました。福知山からおばあちゃんにお水取りを見せてあげようとやってきたご家族でした。おばあちゃんが途中で気分が悪くなって急遽入院されたそうです。近くに病院があって助かりましたと言われ、良くなったようで退院されていきました。

こんなこともあり、毎年お水取りの時期になると、福知山のご一家のことや手術のハラハラドキドキの一件を思い出します。

仏母

六度集経

仏教は、紀元前五〇〇年、インドで生まれたお釈迦さまの教えを説いたものですが、後に弟子が書き記した経典は数多く残っています。中でも仏事のときに唱える『般若心経』は、今も生活の一部となり、親しみやすいお経として身近に感じます。

玄奘三蔵の訳した『大般若経』は六〇〇巻あり、大正から昭和にかけて出版された『大正新修大蔵経』には三千五十三部（一万一千九百七十巻）という膨大な数が収められています。

膨大な数の般若経典のすべてを網羅し集約し、コンパクトにしたものを私たちは『般若心経』と呼んでいます。たった二六〇文字ほどの短い経典ですが、その内容はお釈迦さまが一番伝えたい仏教の神髄といえるでしょう。

『般若心経』はサンスクリットで「Prajñā-pāramitā hṛdaya sūtra」といいます。

それぞれの単語の意味は、

[Prajñā-pāramitā]（f.）完成された知慧
[pra-jñā]（f.）wisdom, intelligence, knowledge
[pāramitā]（mfn.）gone to the opposite shore, crossed, complete
[hṛdaya]（n.）心臓、中心、真言、（心経）
[sūtra]（n.）糸、経典

参照：『梵和大辞典』（鈴木学術財団編、講談社、二〇〇一年）/ Franklin Edgerton, "Buddhist Hybrid Sanskrit Grammar And Dictionary" Volume II : Dictionary / Monier-Williams, "Sanskrit-English Dictionary", 1899.

『般若心経』は「完成された知慧の経典」と直訳されます。

サンスクリットは古代インドの言語で文学、哲学、宗教などの分野で読んだり書いたりされたもので、日常会話には使われませんでした。またそれぞれの単語は女性、男性、中性のどれかを示します。

サンスクリットとは「完成された、洗練された」という意味です。日本では言語であるということを示すために一般的には語を付けてサンスクリット語といいます。

prajñā-pāramitā のプラジュニャー（prajñā）は智慧のパンナという俗語から「般若」と音写された女性名詞です。パーラミター（pāramitā）は向こう岸に渡る、彼岸に渡る、という意味です。

『般若心経』の経典そのものを尊格化した菩薩が般若菩薩、別名般若波羅蜜多菩薩とも、また仏母ともいわれます。名前や姿形は日本では知名度が低いようです。

どうして別名があるのか、また日本ではあまり知られていないかは私たちが求めた菩薩の歴史とその性格に関係します。中国は当時孔子や老子という思想家の儒教や道教が中心で、インドで生まれた仏教は儒教精神など中国文化を取り入れながら一般化することで中国に受け入れられたと思われます。

そのころ、呉の訳経僧である康僧会《こうそうえ》(?－280)の著書に『六度集経《ろくどじっきょう》』があります。康僧会はインドに住んでいましたが、二四七年に中国に渡り、自身で『六度集経』を書いたと思われます。

『六度集経』は、別名、六度無極経、或は度無極集、或は雑度無極経ともいわれ、釈尊の前世の物語を集めたものです。悟りを求める修行者である菩薩として釈尊をとらえ、さまざまな姿でくり返し修行を積んだとする物語です。ここに初めて般若波羅蜜多の前身であるプラジュニャーパーラミター、智慧波羅蜜が菩薩の修行の一つとして現れてきます。

『國譯一切経』―「本縁部六」(成田昌信訳　大東出版社蔵版　昭和七年　p.113)の「六度集経解題」には、

度無極は新訳家之を波羅蜜と音訳し、或は略して波羅蜜と呼び度又は度無極或は到彼岸と訳せり。菩薩たるものは此の六度の行を修して生死海を度り、涅槃常楽の彼岸に到達するを以て最となし、（略）故に、法華経には諸の菩薩の為に応ぜる六波羅蜜を説き、阿耨多羅山藐三菩提を得て一切種智を成ぜしむといへり。

とあり、菩薩は六度の行を修めさとりをひらくものであるとされます。

『六度集経』では、六度無極という言葉で六波羅蜜を表現しています。六波羅蜜とはサンスクリットでパーラミターといい、仏教で説く「悟りの彼岸に至る」ための六つの修行の徳目をいいました。その徳目とは布施、持戒、忍辱、精進、禅定、智慧をいい、布施や精進、禅などは今日でも耳にする言葉です。今私たちは当時の菩薩と同じ修行をしているともいえます。

『六度集経』の物語は本生話（ジャータカ）といわれ、釈尊の生まれ変わりの物語です。釈尊は何度も生まれ変わり、死に変わりをくり返し徳を積み、釈尊になったといわれています。

釈尊のような人になるための菩薩の修行の徳目は、それぞれ平等に説かれていますが、最後に六番目の智慧の修行を為さなければすべて完成したとはいえない、六度を最後まで行じて初めて完成するものであると説かれています。内容は全体を通して、当時の倫理道徳修養の通則と考えられます。

尚、般若波羅蜜多と般若波羅蜜とは同じ意味です。

『六度集経』の物語は全部で九十一話あります。巻の第一（一～十話）、第二（十一～十四話）、第三（十五～二十六話）が布施度無極章、巻の第四（二十七～四十一話）が戒度無極章、巻の第五（四十二～五十四話）が忍辱度無極章、巻の六（五十五～七十三話）が精進無極章、巻の七（七十四～八十二話）が禅度無極章となっています。巻の一から布施、持戒、忍辱、精進、禅定と続き、最後の巻の八、八十三話から九十一話までが智慧である明度無極章です。

大東出版社蔵版『国譯一切経』本縁部六「六度集経（全八巻）」から最後の修行である明度無極章の物語を読んでみます。

明度無極章は次の九話からなっています。部分的に意味の不明な箇所がありますが、物語の大筋は次のようになります。どのような内容が智慧と呼ばれるものだったのでしょうか。

なお、『全訳　六度集経　仏の前世物語』（六度集経研究会編　二〇二一年六月二十五日）を参照します。

八十三話、須羅太子の本生

昔、尼呵遍国にいた時、王の私は天に昇りたいと願っていたが、どのようにしたらいいのかわからなかった。婆羅門たちに尋ねると、あるものは大きな祭祀を行えばこの身体のまま天に昇れるといい、またあるものは人畜を殺しその骨肉で階段を作れば天に昇れるといい、その犠牲になる者を牢屋に入れた。しかし、もしそれで王が天に昇れない場合我々は市場で殺されてしまうだろう。別の謀は香山にいる天の楽女の血を人畜と一緒に混ぜ階段を作れば天に昇れるという。

ふたりの道士はその神女を捕えに行くことになる。ふたりは二ヶ月間探しやっと神女を見つけ捕え竹籠に入れ七日間歩いて宮殿に戻った。王は喜び道士に食事をふるまい「私が天に昇ったらこの国を汝らに与えよう」と言った。

王の息子は異国の王となっていたが、その息子、孫の須羅太子は慈悲深く、和やかで聡明な輝きのある方でした。王は「私は天に昇るので孫に別れを告げたい」と言った。

孫は「私が天女を妃としなければ、王はきっと天女を殺すであろう」と、王は「私は天女の血を階段にして天に昇るのだ」と言った。孫が食事を断ち悲しんでいたので、王は孫が死ぬのを恐れて天女を孫の妃にした。皆は喜び心配事はなくなった。

暫くすると、婆羅門はまた王を唆し諸々の畜生を殺し埋め天女の血をその上に塗るというまつりごとを勧めた。孫は非難し「衆生の命を損なうことは悪逆の最大なもので禍は絶えることなく続き、後に人になって生まれても罪を受けます。残忍な事をして天に昇る者はいません」

「天に昇りたいのであれば仏・法・僧に帰依し己を捨てて人々を救い、生命を慈しみ哀れみ肉親を正しく導くこと。相手を諭し一緒に喜び慈しみ育てること。精進し静寂を志し空のようであること。一切智を求めること。仏の慈しみの教えに背き凶悪残忍なものを尊び衆生の命を損なうならば生きている時は天に捨てられ死んでは極まりなく禍を受けることになるでしょう」

王はわかった。本当にそうだ、といい国のすべての宝を孫に与えた。皇孫は宝を困窮したすべての民衆に布施を行い、勧めて戒を守らせた。

皇孫は祖王に別れを告げ、妃を連れて国に帰ると政治の仕事を辞め妃と楽しみにふけった。臣下は「その妃を除かなければ、国は亡びる」と申しあげた。

父王は「祖王がこの妃を妻とさせたのだ。どうして除くことができようか」と、そんな皇孫を閉じ込めると妃は第七山に帰ってしまった。皇孫は悲しみ宮殿を守る神に聞き、妃の後を追った。途中二人の道士と婆羅門に出会う。また帝釈天が姿を変えた猿から三人は果物を供養される。婆羅門は神の所に案内するように猿に言った。「この方は国王の太子で菩薩の中の第一の方です」と言うと、猿は「素晴らしい。菩薩（皇孫）が仏となられたら、私はその馬になるよう願います」と言った。

ついに神のいる城門の外に到着すると、王女の沐浴に使う水を汲みに来た下女に会う。娘は自分の親に会わせるため夫が来たと伝えた。菩薩は婿としての拝礼を行い、親は娘を菩薩に授けた。そこに七年留まったが、菩薩は生きて養うべき親を思い国に帰ることにした。

菩薩は親に会い、祖王は喜んで位を譲った。誰もが褒め称え、多くの罪人を大赦し、国の蔵を空にするほど布施をした。衆生は喜び感嘆しない者はなかった。四方八方から人々が恩沢を慕って国に入って来た。祖王は寿命が終わり、天上に生まれた。

その時の皇孫とは私のことです。父王が迦葉である。祖王は今の浄飯王である。母は、我が母の舎妙がそれである。妃は倶夷である。菩薩は長い間広い慈しみの心と、六度無極（六波羅蜜）をもって、衆生を済度すること、数えきれないほどであった。

以上、八十三話は、天極へ行くには仏法僧に帰依し、人々を救い、導き、相手を諭し、喜び、慈しみを育て、一切智を求めること。仏の教えに従えば天国に行けると説く話です。

八十四話、遮羅國王經（太子の本生）

昔、遮羅國王の王妃には跡継ぎの息子がいなかった。王は王妃に実家に戻り、跡継ぎを授かる術を探し帰ってくればとがめない、と命じた。王妃は泣きながら険しい山から身を投げると林の藪に落ちた。心を動かされた帝釈天は「王妃は前世において私の姉であった」と、器に木の実を盛って「これを呑みこめば世の英雄となるような跡継ぎができるでしょう。もし王が疑うならこの神器が証拠となるでしょう」と言った。

王妃は木の実を呑みこんだ。すぐに王妃は身重になり宮殿に帰りありのままを王に申しあげた。王妃は男子を産んだが、その姿は世にも稀なほど醜かった。六、七歳ころには聡明で度量の大きな子に育ち、その名声は遠近に広まり、人びとは感嘆した。

王はこの子のために隣国の王の娘を妃に迎えた。その名は月光といい、端正であでやかで人々に好まれるすべてを備えていた。王妃は月光が太子の姿を見ないように、我が国では妻は昼間には夫に会わない習慣がありますと嘘をつくと太子妃はそれに従った。


太子は考えた。国は七つの国と敵対し、民衆は嘆き悲しんでいる。国を安定させるには妃が去っていくことだと思い、母后に妃に会いたいと申しあげた。母后は願いに従い妃を連れて馬を見に行った。太子は馬の飼育係になり妃に会うと、もしや太子ではないかと妃は疑った。夜寝静まったころ、そっと明かりで照らし太子の容貌を見ると恐怖にかられて国元に戻ってしまうのだった。太子は妃が我が国を去って行ったので民はみな安らかに暮らせるのですと言った。

太子は妃を訪ねて陶工といつわり妃の国で器を作った。その器をみた月光は太子が作ったものだと気づき地面に投げつけて壊してしまう。太子は次に染物屋に雇われ、多くの巧みな技を使い染めあげたものを王に献上すると月光はそれを太子が作ったものだと見抜き捨て去るのであった。

太子は大臣に雇われ馬を飼育すると馬は良く肥え扱いやすくなった。太子は料理を作り大王に献上すると王は料理人の監督を命じた。太子は策を講じて、わざと転びスープをこぼしたが、月光はそれを見ようともしなかった。

帝釈天は喜び「菩薩が衆生の事をこれほど救おうとするのか、私は策略を用いて彼を助けよう。七つの敵国を挑発して王女の国に集めよう」と言った。帝釈天は月光の父王に姿を変え「月光を嫁がせましょう」という手紙を書いた。各々は月光を娶るためにやってきたが言い争いになり、国王を非難した。「我ら七国を愚弄した。お前の国は今に滅びる」と言った。

父王は月光に向かい言った。「お前は人の妃だ。婿が賢いか愚かか、美しいか醜いかお前の宿命によるものだ。お前は婿を軽んじて国に帰りこのような禍をもたらした。お前の屍を七つに分けて七人の王に与えて謝るしかない」月光は謝り、この禍を退けるものがきっといるはずですと言った。

王は「禍を払うことのできるものに月光を娶らせ幸せを与えよう」と言った。

太子は「私が敵を払いのけます」と言った。

太子は見晴らし台から大声で獅子が吼えるように仏の教えを説いた。「天のために民を治める者は、仁の道を用いなければならない。怒りが激しくなれば、禍が顕著になり身が失われ国を失うことになる。身を失い国を失うのは、名と色によるものだ」と。七国の勇者は本国に帰って行った。

太子は王に「七人の王女を七国に嫁がせればこれらの王に勝る者はありません。娘婿たちにこの国を守護するものとすれば国は安泰で民衆も幸せになります」と、申しあげた。

王は七王に命じて娘を娶らせた。君主と人民はみな喜んだ。ここに至って初めて王と臣下・民衆は太子が月光のもとの婿であることを知った。国々は仲良く和し、万民は喜んだ。

聖人の権謀とは凡人とは全く違う。徳が集まり、功が成り、ようやく光り輝くもので、太子をそしるものはいなくなった。

その後大王が崩御し、太子が即位した。多くの罪人を大赦し、五戒・八斎・十善によって、万民を教化した。国は豊かに、人々は安らかになった。皆が仏・法・僧を敬い、諸々の病は消滅した。太子の容貌は光輝き、桃の花以上の美しさであった。

このようなことが起こった原因は次の通りである。

菩薩は前世において妻と田畑を耕していた。妻に食事を取りにいかせ、遠くから見ていた。妻はひとりの辟支仏《びゃくしぶつ》と歩いていたが、崖に隠れてしまった。長い時間妻は家に戻らなかったので、夫は疑いを抱いた。夫は鋤《すき》を持ちふたりを打ちに行こうとすると、妻は自分の分を沙門に供養し、合掌して立っているのが見えた。沙門は食事を終えると鉢を虚空に投げ沙門は光を放ちながら、去って行った。

夫は慚愧して、「妻は徳をもっているので、このような尊者を招いた。私は愚かで禍を受けるであろう」妻に向かい「あなたが供養したい福を、私も一緒にあずかりたい。残りの食事を一緒に食べても咎はないだろう」と言った。

夫と妻は寿命が終わると、それぞれ王家に生まれた。妻は純粋な慈しみの心をもち、生まれながら端正であった。夫は初め怒りっぽくて醜かったが、後には慈しみ深く、見目好くなった。


仏は比丘《びく》たちに告げた。

「そもそも人の行いは、初めは恵み深くても、後人から奪うようなことをすれば、後の世に生まれ変わった時、初めは裕福な家に生まれるが、長じてから貧困になる。初めは人のものを奪って、後に恵み深くなれば、後の世では初めは貧賤であるが、後に裕福になる。その時の太子は、私自身である。妻は倶夷がそれである。父王は、白浄王がそれである。帝釈天は、弥勒がそれである。菩薩は常々衆生を心配し、苦痛な境遇を救うものである」

菩薩の普智度無極の話である。智慧の行とはこのことである。

以上、八十四話では跡継ぎが授からないのは女性の罪であるかのような表現で、それに対し帝釈天がなんとか救いの手を差し伸べようとするのも不思議な話です。禍というものは女性がもたらすものだと考えられていたようです。それだけ男性にとって女性は修行の妨げになっていたのでしょう。

八十五話、菩薩以明離鬼妻經（凡人の本生）

昔、菩薩がいて、その時は凡人であった。十六才で、志と性格は明朗闊達、博学で見識も広く、あらゆる経典に精通していた。「仏の経こそが最も真実で無為こそが最も安穏だ。最も真実なものを守り安穏なものに身を置くべきだ」と言った。親は菩薩に妻を娶《めあわ》せようとした。「妖禍の盛んなるものは女色より大きいものはない。道徳が失われるので私は逃げなければならない」と言った。そこで、ついに異国に行き力仕事で生計を立てた。

老いて跡継ぎのいない農夫がひとりの女性を見つけた。美しかったので農夫は喜び跡継ぎとした。婿になる男を求めたがいい人はいなかった。農夫は五年間、菩薩を雇っていた。菩薩に「娘をあなたに娶せて私の跡継ぎとしよう」と農夫は言った。

娘は神秘的な力我があり、菩薩の心を惑わせた。菩薩は悟った。「智慧の教えでは色欲を火とし、人を飛ぶ蛾としている。蛾は火の色を貪り、その身は焼かれてしまう。この老人は色欲の火で私の身体を焼き、財産という餌で釣り、家の穢れで私の徳を失わせようとしている」

菩薩は夜に黙って逃げだし、百里行き、宿に泊まろうとした。宿の主人は菩薩を連れて案内した。美しい寝台が見え、珍宝が輝いている。妻に似ている夫人がいて菩薩の心を惑わせ一緒に住まわせられることになった。五年たつと、智慧の心が目覚めた。菩薩は「淫欲はサソリのようなもので、身を損ない、命を危うくしてしまう。また妻に会ってしまった」と言い、急いで逃走した。

また、宮中の美しい婦人を見て、前と同じことになった。十年間一緒に暮らした。智慧の心が目覚め「私の罪は重い。逃走しても逃げきれない」と言い、深く自ら誓って「もう決して宿に泊まらない」と言った。

またまた逃走して、大きな屋敷が見えた。それを避けて草むらを歩いていると、門番に「誰が夜中に通行しているのだ」と声をかけられた。菩薩は「先の村に急いで行くところです」と答えた。門番は「禁止されている。行ってはいけない」と言った。屋敷の中の人が呼びかけた。以前と同じ光景だった。婦人は「私たちは夫婦になる誓を立てたのです。逃げてどこに行くのですか」と言った。

菩薩は「欲根の抜き難いことは、これほどまでか」と思った。そこで四非常の念を起こして、「非常・苦・空・非身の定《じょう》によって、三界の穢れを消滅させたいと思っている。どうして汝の垢れだけが消すことができないのか」菩薩が四念を起こすと、鬼妻は消えた。

菩薩の心は明るくなり、諸仏が自分の前に立ち、空・不願・無想の定を説かれるのが見えた。菩薩は沙門の戒を受け師となった。菩薩は智慧により悟りの世界に至る。智慧による施しを行うことは、このようである。

以上、八十五話は女性は恐ろしいもので、身を亡ぼすものだ。どこまでいっても女性がついてきて、女性からどのように逃げても逃れられないものだ。そこで知慧の心が目覚め悟りの世界へ行くことができる。仏教の四念の教えで三界の穢れを消滅させ、女性から逃れたとします。それほど女性は修行の妨げだったようです。四念とは、身体や感受、心、法を正しく自覚し貪欲や憂いを取り除くものです。

八十六話、儒童受決經（儒童梵志の本生）

昔、菩薩は鉢摩《はちま》国に生まれ、名を儒童と言った。師から学び、天文を観測し、多くの書物に通達し、真実を守り、孝を尊び、国の学者たちは彼をほめたたえた。師は「汝は道徳を備え、学芸も充分だ。人々を教化しようと志を持たないのか」と言った。菩薩は「私は貧乏が宿命で、金がなく先生のご恩に報いることができません。母は病気で働いて金を稼ぎ薬代にあてたいと思います」と答えた。師は「大変結構だ」と言った。菩薩は稽首《けいしゅ》して退き近くの国を巡り歩いた。婆羅門が講堂に集まり高座を設けているのを見た。

ひとりの美しい女が五百銭の銀銭を持って高座に座っていた。多くの学者たちは互いに議論し、博学で深い道を修めたものがその女と銀銭とを贈られることになっていた。

菩薩は学者たちに参加する許可をもらい高座に登った。菩薩の答えは道が広く、学者たちは稽首して高座から降りた。「あなたの修得した道は高く、智慧は優れているが異国のものだ。我が国の女と結婚させるのはよろしくない。銀銭を増額にしてこの方に贈ろう」と言った。

菩薩は「私は無欲の道をめざしていて、これこそ良き跡継ぎとなることができます。あなた方は道を塞ぎ、徳の根を斬ろうとしています。それでは後継者がなくなるでしょう」と答え、説き終わり退いた。学者たちは心から恥じた。

女は、「あの高徳の方は、私のご主人さまです」と言い、衣をかかげて徒歩で、菩薩の跡を訪ねて諸国を旅した。身体は疲れ、足も傷つき、道ばたで休んだ。

女は鉢摩国に到着した。王は制勝という号であった。王は女が疲れて休んでいるのを見て「汝はなぜ道ばたにいるのか」と尋ねた。女は詳しく理由を述べた。王は女の志を喜びかわいそうに思った。女に命じ「私を訪ねて宮殿に来なさい。汝を娘にしよう」と言った。

女は「姓の違う方からの食事をどうして何もせずにいただくことができましょうか。どうか職を得て大王にお仕えさせてください」と言った。王は、「汝は美しい花を摘んで、私の飾りとして供えなさい」と言った。そこで女は承諾し、王に従い宮殿に行き、毎日、美しい花を摘んで、王の用に供した。

儒童は国に帰ると、道ばたの人が大勢ででこぼこ道を平らにし、地面の汚れを掃き清めているのを見た。儒童は道行く人に「多くの人が嬉々としているが、何かめでたいことでもあるのですか」と尋ねた。

その人は「錠光如来・無所著《むしょじゃく》・正真道・最正覚・道法御・天人師が来られて教化なさるので、みな嬉々としているのです」と答えた。儒童は喜び静かに禅定《ぜんじょう》に入った。心清く垢なし。仏がやって来られて、道であの時の女が花を摘み瓶に挿していているのに出会った。儒童はその女に花を譲ってほしいと頼み、五本の花を手に入れた。王と皇后と庶民たちも道を整えていた。菩薩は少しの地を分けてくれるように頼み、自分自身で道を整えたいと思った。

「小さな渓谷があり流れが早いので土石がみな流される」と民が言うのを聞く。菩薩は「私の禅の力で星を地上に降ろし、流れを止めよう」と言った。また念じて「供養を執り行うには四大の力を用いて自分の身を苦しめ良いことをしよう」と。

菩薩は地上に降ろした星（隕石）を置き、その石を手押し車で運び、自分自身の身体の力でこれを塞いだ。禅定の力がつきたが小さなぬかるみは残っていた。その時、仏が到着した。菩薩は鹿皮の衣を脱ぎ地面に敷き五枚の華を仏に散華すると、華は空中を舞い、その種を撒いてまた華が咲いたようであった。

仏は言う「今から九十一劫後にそなたは仏となり、その名は能仁・如来と号するであろう。その世は顚倒しているので汝は衆生を救済しなければならない」と。儒童は喜び躍り上がった。髪を地面に敷いて仏に踏ませようとした。世尊はそれを跨ぎ、比丘たちに「この土を踏んではならない。ここは予言を受ける場所で尊い。智慧あるものはここに寺を建てるであろう」天の神々は声をそろえて「私が寺を建てましょう」と言った。賢乾という名の長者の息子が柴をその地に挿して「私の寺はすでに建った」と言った。

天の神々は「つまらぬ若造でも優れた聖人の智慧をもっているとは」と言いあい、多くの宝を運び、その上に寺を建てた。仏に稽首して「どうか我々が仏となることができ、今のような教化を行うことができますように。今、我々が寺を建てたことはどのような福があるのでしょうか」と言った。

世尊は「儒童が仏になったとき、汝らは予言をうけるであろう」と言われた。仏は舎利弗《しゃりほつ》に告げた。

「儒童とは、私自身がそれである。花を売った女は、今の俱夷がそれである。長者の子は、今この座中にいる非羅余がそれである」非羅余は仏の足に稽首した。

仏は彼に「後に必ず仏になり、快見と号するであろう」と予言した。仏が経を説き終わると、諸々の四輩の弟子、天・人・龍・鬼は皆、歓喜し、稽首して去った。菩薩は普《あまね》き智慧によって悟りの世界に至る。智慧による施しを行うことは、このようである。

以上、八十六話も女性が禍をもたらすという話です。

仏伝図に燃燈仏授記図という彫刻、絵画がいくつか残されていますが、このお釈迦さまの前世の物語は良く知られています。儒童梵士と呼ばれ修行していた時の話です。ここでは錠光如来といいますが別名燃燈仏とも漢訳されます。燃燈仏がおみえになると知った儒童梵士は自らの衣を地面に敷き、その上に自らの髪を敷きひれ伏しました。その時、燃燈仏は儒童梵志に将来仏になると授記（予言）を与えたという説話です。

八十七話、摩調王經（南王の本生）

ある時、衆祐（仏）は無夷国にいて、木の下に座っていた。顔は美しく笑うと口から五色の光が見えた。誰もが皆「まことに、いわゆる天中天（天の神々の中の最も優れた存在）だ」と言った。衆祐は阿難に「意味なく笑ったりはしない。教えを興そうとする時だ。汝は私の笑うことの意味を知りたいか」と言った。

衆祐は言われた。「昔、摩調という聖王がいた。その時、転輪聖王となって、四天下を治めていた。心は正しく、行いは公平であった。民の中で恨んでいる者はおらず、慈しみと哀れみの心で、その心は帝釈天と同じであった。その時、民の寿命は八万才であった。転輪聖王には七つの宝があった。紫金の転輪、空を飛ぶ白象、紺色の神馬、明月の神珠、玉女の聖妻、宝をつかさどる聖臣、兵をつかさどる聖臣である。帝は国の東西南北を見てまわろうと思っただけで、金輪が目の前に現れ思いどおりの所に連れていってくれた。

帝は近臣に「私の髪に白いものが生えたらすぐに知らせるように。死が近い証拠である。穢れた世俗の役目を捨てて淡泊な行いをしたいと思う」と命じた。近臣は命じられたように白髪を見つけすぐに上聞した。帝は喜び太子に言った。「私の頭に白いものが生えてきた。無常の証拠である。私が行ったように法を行えば悪道を免れることができよう。汝の髪が白くなり国を捨てた後は、必ず沙門になりなさい。そして汝の子を王位に立てる時の教えとしては、まず四等・五戒・十善を第一にしなさい」

智慧の教えを説き終わると、王は国を捨て、木の下で法服を着て、沙門となった。魔調法王の子孫は千八十四世にわたり続いたが、聖皇の聖法は末に欠けかかっていた。魔調聖王は、天上界を捨てて霊魂は地上に戻った。やはり転輪聖王となり、南と号した。正法は再び起こった。南王は宮中の皇后に命じた。「八戒を奉じ、月に六日、斎を行え。八戒とは、第一に、衆生を哀れみ慈しみ、愛し活かさなければならない。第二に、決して盗みをしてはならない。富める者は貧者を救わなければならない。第三に、貞節を守り、清らかで真実を守らなければならない。第四に、真実を守り、仏の教えに沿うことを言わなければならない。第五に、親孝行を尽くし、酒を飲まない。第六に、垂れ幕を付けた立派な寝台に寝てはならない。第七に、夕方以降の食事はしてはならない。第八に、華やかな女性を近づけてはならない。心で思っても、口で言っても、身体で行ってもいけない」

南王は聖臣たちに命じた。

「すべての人々に六斎を奉じ、八戒を熟読し、毎日三回声に出して読むように。父母に孝順で、老人を敬い奉り、沙門を尊ぶように。年老いた者や、親のない子供たちには必要なものを与え助け、病人には医療と衣食を与え、貧乏な者には宮門に来て足らない物を与えよ。教化に従わない者は、重い徭役に従事させよ」

王の明らかな法が施行されてからは、互いに慈しみ穏やかになり、殺し合いは消滅した。南王の慈しみの恩沢は、八方上下すべてがその徳を賞嘆した。帝釈天と四天王、日月星辰、海龍と地の神々は「人間の王は天の神々以上である」と言った。帝釈天は天の神々に「南王に会いたいか」と言うと、「積年の願いです。仰せのとおり会いたいです」と言った。

そこで帝釈天は南王に会い「天の神々はお会いしたいと願っています。聖王よ、忉利天を見たいと思いませんか。あらゆる願い事がかないます」と言った。南王は「それはいい、遊びに行きたいです」と言った。

御者は天の車で南王を迎えに行った。車が宮殿の門に到着すると、国中の人々が皆、感嘆した。南王は車に乗り、車と馬は空を飛んだ。王は御者に「私を、悪人たちが地獄と餓鬼の二道で焼かれたり煮られたりして、前世の罪の報いを受けているところに連れていってくれ」と告げた。

それが終わると、南王は天に昇った。

帝釈天は歓喜し座を降り王を出迎え「あなたは心をくだいて配慮し、衆生を救済しておられる。慈・悲・喜・捨の四無量心と六度は菩薩のすぐれた行いです。天の神々はあなたにお会いしたいと願っています」と言った。

帝釈天は進み出て王の腕を手にとってともに坐った。南王の志は、多くの愚者を教化し、あらゆる邪心を滅ぼし、仏・法・僧の三尊を教えることであったので帝釈天に「他人の物を借りれば、返さなくてはならないのと同じように、今の天の座は、私の常の居場所ではありません。世間に帰り子孫を教化します。仏の教えによって国を治め、親に孝、年長者に順という教えを継承し、戒が具《そな》わり、行いが高邁になれば、人の身体を捨てて天上に生まれ変わり、帝釈天とともに楽しく暮らします」と言った。

仏は阿難に告げた。

「南王とは、私自身がそれである。子孫に代々伝えること千八十四世、子を立てて王にし、父は修行して沙門になった」阿難は歓喜し、稽首して言った。「衆祐は衆生を慈しみ哀れみ、その功徳は朽ちることなく、今仏となり三界中の尊きお方となられました。天の神々・仙人・聖人たちは仏を尊び敬っています」比丘たちは歓喜し、礼拝をして去った。

以上、八十七話は、正法としての八戒の中でも女性に注意するようにと戒めるように、ここでも女性の存在は修行の妨げになっていたようです。仏・法・僧の教えに従い、親孝行をして年長者にならい教えを継承すれば、天上に生まれ変わるという話です。菩薩の行いとして四無量心と六度をあげています。

八十八話、阿離念彌経（阿離念彌の本生）

如是我聞《にょぜがもん》（私はこのように聞きました）。

ある時、仏は舎衛国の優梨聚中におられた。比丘たちは昼食後談義をしていた。「人の命は短く、あらゆる生じたものは必ず死ぬ。愚か者は貪欲で布施をせず、悪いことをしても咎はないと考えている。しかし、好きな事ばかり行っていれば、悪いことが必ず起こる。仏の教えに従わず後で悔いても何の益があろうか」と。仏は比丘たちが無常について談義をしているのを聞かれた。世尊はすぐに立ち上がり比丘たちに「何の話をしていたのか」と言われた。

比丘たちは「人の命はあっという間で、すぐに後の世に行ってしまうものだと、話していました」と答えた。世尊は「素晴らしい、まことに結構だ。比丘は坐っている時も起きている時も二つのことを念ずべきである。第一は経を説くべきこと、第二は禅定の呼吸をすべきことである。この教えを聞きたいか」と言われた。「昔、拘猟《くりょう》と言う名の王がいた。その国に須波桓樹《すばかんじゅ》という名の樹があった。周囲は五百六十里、根は八百四十里四方、高さ四千里、その枝は二千里四方に広がっていた。樹には五つの面があった。第一の面は王と宮中の者が食べ、第二面は役人、第三面は民衆、第四面は沙門道人、第五面は鳥獣が食べていた。お互いに他の領分を侵すことはなかった。その時の寿命は一万四千歳だった。九種類の病があり、女性は五百歳になって嫁いだ。

阿離念彌と言う長者がいて、財産は無数にあったが、「財産は自分のものではなく、布施をして貧乏人を救う。世の栄華は楽しいが永遠に存在しない、沙門になる」と言い、沙門戒を受けた。人々は念彌の優れた教化を聞いて、皆沙門になり、その教化に従った。

念彌は弟子のために経を説いた。「人の命は朝露のようなものでたちまち消えてしまう。私は諸々の空定を見て、すべてのことに明らかに通達した。私の心は歓喜し、見るもの、聞くもの、良い香りと嫌なにおい、美味と苦い辛い味、意にかなう願いと心に違う悩み、良いことに対して喜ばず、悪いことに対して怨みを抱くこともない」

念彌は三界の聖人たちの尊師であった。その弟子たちは寿命が終わると必ず天上に生まれた。

念彌とは私自身である。精進すれば生老病死・憂悩《ゆうのう》の苦しみを脱し涅槃の大道を得ることができる。百歳の寿命としても一年の四季の春は一万二千日を過ぎ、夏暑く冬寒く各一万二千日ある。百歳の中で一日二回食事をすればおよそ七万二千回食事をすることになる。

春夏冬の日は各二万四千回食事をする。幼児はまだ食事をしない時期、忙しくて食事をしない時期、疾病、或いは瞋恚《しんに》（憎しみ怒る）、禪或齋、或いは貧困で食物がない時は除く。

皆七万二千飯食べている。百歳中の夜寝ている五十年を除く。幼児の時期十年を除く。病の時の十年を除く。家事や余事をしている二十年を除く。人の命は百歳でもわずか十年の楽しい時があるだけ。

仏は比丘たちに告げられた。「私は説くべきことは皆説いた。汝ら比丘たちの求めるものも成就するはずだ。経を講じ道を念じ怠ることのないようにしなさい」比丘たちは皆、歓喜し礼拝して去った。

以上、八十八話は人の命のはかなさを語っています。中国特有のスケールの大きな話が語られていますが、光陰矢の如し、怠ることがないようにしっかり修行をするようにと告げられます。

八十九話、鏡面王經（鏡面王の本生）

このような事を聞いた。仏は舎衛国の祇樹給孤独園《ぎじゅぎっこどくおん》におられた。多くの比丘たちが食事をしようとしたが、まだ太陽が昇っていなかったので、異学の婆羅門の講堂へ行き、待つことにした。婆羅門たちは経の教えについて争いあっていた。比丘たちは婆羅門たちが正しいことを言っているとは考えられなかった。

比丘たちは托鉢をして食事を終えると祇樹林に戻り、仏に礼拝をした。仏は比丘たちに語られた。「昔、この閻浮提に鏡面という名の王がいた。重要な経典を読誦し、智慧は無尽蔵であった」と。鏡面王は、生まれつき目の見えない人の譬えによって大海原で遊ばせようと思った。

臣下は命を受けて目の見えない人を集めた。王は、「その人たちに象を見せなさい」と言った。彼らの手を引いて象を示した。象の足を持つ者、尾を持つ者、尾の根元を持つ者、腹を持つ者、頭を持つ者、牙を持つ者、鼻を持つ者、などそれぞれが象を触った。

王は、「象とはどういう類のものか」と言うと、象の尾を持った者は箒のようなものだと言い、尾の根元を持った者は杖のようなものだ、牙を持った者は角のようだと、口々に「象は本当に私が言うようなものです」と答えた。

鏡面王は笑って「汝らが本当の象の姿が見えないのは、ちょうど人々が仏経が見えないのと同じだ」と言った。王は偈《げ》（仏の教えや徳をたたえる韻文の形式）を説いて言った。「目の見えない者たちは、一部分だけを見て外の者は間違っていると言い、一頭の象のために怨みあっている。仏経のように果てしなく広く、真実で正しいものを見ようとしない者は目の見えない者と同じではないか」それ以後尊卑を問わずすべての人々が皆、仏経を読誦するようになった。

仏は比丘に告げられた。鏡面王とは、私自身がそれである。目の見えない人とは講堂にいた婆羅門たちがそれである。この時、婆羅門たちは智慧がなく目が見えないことによって言い争いをしていた。仏はこの時、書物を調べ弟子に理解させた。後世のために、この『義足経』を説いたのである。


以上です。

次にほぼ全文が支謙《しけん》訳『仏説義足経』第五「鏡面王経」に拠るものが続きます。最初の一部分は次のようになります。


自分は愚かであるのに、自分は正しくて外の者は及ばないと言う。

愚かなことに執着して毎日煩悩に覆われ、いつになったら智慧をもつことができるのか。

自分は道に至っていないのに、学はすべてこのようなものと言う。

倒錯したままで行いも修まらず、いつになったら理解できるのか。

（以下、続きます）

以上、八十九話は、「六人の盲人と象」あるいは「群盲象を評す」という寓話ですが、世界中に広く知られています。視野を広くもつことの大切さを教えています。

九十話、察微王経（察微王の本生）

昔、菩薩がいた。大国王となり名を察微と言った。志清く、行いは清浄である。ただ仏・法・僧の三尊に帰依していた。仏経を深く味わい、正しい教えを守っていた。

深く人の始まりを見ると本来は生ずることも滅することも無い。強健なものは地となり、柔らかなものは水であり、温かなものは火となり、動くものは風である。四者いずれも調和してそこに神が生まれる。明智をもっていれば良く覚し、欲を捨て心を空にすると神は本無にかえる。

王は誓って言う「さとりとは眼が覚めないようなもの。霊魂は地・水・火・風のこの四つのものからなっている。大きな仁徳を持った者は天となり、小さな仁徳の者は人となる。民衆のなかで穢れた行いをした者は、地を這うような小さな動物となる。

知識と気は微妙で見きわめるのは難しい。形は髪の毛ほどもなく、つかまえることができるだろうか。しかし、終わっては始まり終始きわまりないものである」と。

王は霊元化して常に身体はなく五道輪転して長く続き絶えることはないと考え、家臣の心を解き放とうとしたが、まだ疑念が残っていた。

臣下たちは「身体は死んでも霊魂は生きて、さらに別の身体を得ると言いますが、臣らは数多くいますが過去世のことを知っているものは少ないです」と言った。さらに王は「誰が霊魂の変化を見ることができようか」と言った。

王は休日に門から出た。荒れはてた衣服で自ら歩き靴直しの老人の所に出向いて戯れて言うのに「国中の人の中で誰が楽しんでいるだろうか」と。老人は「ただ王様だけが楽しんでいます」と。

王は「その楽しみとは何か」と言うと、老人は「多くの役人がつかえ、多くの人民が貢物を献上します。願いごとは心のままになります。これは楽しみではないでしょうか」と。

王は言う「こと細かくそなたの言うとおりである」と。老人に葡萄酒を飲ませた。老人は酔っぱらって宮中に担ぎ込まれた。

王は王妃に「この靴直しの老人は『王様は楽しんでいる』と言った。戯れに彼に王の服を着せ、国の政治を行わせてみようと思う」と言った。王妃は「謹んで賜ります」と言った。

老人が目覚めると、侍女が偽って「大王様は酒に酔っておられたので、多くの事柄が滞っています。いつもどおりにすぐにでも国を治めて多くの諜を静めてください」と言った。

老人はぼんやりしたまま何が何やらわからなかった。大臣たちは叱咤激励した。座に一日中留まり、身体中すべて、頭痛はするし、食欲がなく日々痩せていった。宮女は偽り言う「大王さまの光がなくなっているようですがどうしてでしょう」と。答えて言うには「私は夢で老翁となり働くが食べるものがない。難しいことをせよという。それで頭痛がするのだ」と。

衆は密かに笑った。老人は寝ても寝られず、寝返りをして、言うには「私は老翁ではない、まことの天子ではない。もしこれが天子の皮膚ならばどうしてガサガサなのか。本当の老翁ではない。わけあって王宮にいる、私の心は荒れている。視力は乱れ、ふたつの身体の誰が真なのか照らしてくだされ」と。

妃は偽り言う「お喜びになるなら伎楽《ぎがく》を奏でましょう」と。葡萄酒を飲ませ何もわからなくさせた。古い服を着せ粗末な寝床に送り届けた。老人は目が覚めた。粗末な部屋で、古い服に気がついた。身体中が痛み杖で叩かれたように感じた。

数日後、王はまた老人の所に来た。老人は「前にあなたと酒を飲み、飲み過ぎました。今はじめて目が覚めました。夢で王位に立ち、民衆や官僚を治め、国の歴史に私の過ちを記録しました。多くの官僚は学問し、道徳をねり磨いて、心の中は火のように熱くなりました。身体の節々が痛みました。夢でもそのようですから、真の王であるならなおのこと。私が申しあげたことは、全く間違いでした」と言った。

王は宮殿に戻り、臣下とそのことを議論すると笑うので耳が喧《かまびす》しかった。王は臣下に言う「この身が見聞きしたことは、今でもなお自分ではわからない。いわんや異なる世なので古い身体を捨て新しい身体を受けて、多くの攻撃や苦難を経てきた場合はなおさらである。それなのに霊魂が変化してどこに行くのか、身を受ける国土はどこなのかを知りたいと言っても、なんと難しいことであろう」と。

経典に言っている。「愚か者が良くない心を抱き霊魂を見ようとしても、それは目の見えない人が暗闇を歩き星や月を見るようなもの。一生涯苦労してもいつになったら見えるのだろうか」と。

ここに臣下や多くの人ははじめて霊魂と気が合って、終わってまた始まり、転輪して際限がないことを明らかに知り、生死と禍福がなぜ起こるかを信じた。仏は比丘たちに告げられた。「その時の王とは私のことである」と。菩薩の普き智慧によって悟りの世界に至る。智慧による施しを行うことは、このようである。

以上、九十話は国の王になると仕事は多く、苦労が多いが、民衆が見るのはごく一部でなかなか王の仕事を理解するのは難しい。と同じように霊魂が輪廻転生するのを理解するのは難しいものだ、と仏は嘆くのです。

九十一話、梵摩皇経

このように聞きました。ある時、仏は舎衛国の祇樹給孤獨園にいました。仏は比丘たちに告げられた。「汝らは徳を修めて民衆に善をなせば必ず良いことがある。例えば農夫の家に良い田があるようなもの。熱心に田を耕せば雨で潤い、いい時期に種を撒くと、その季節ごとに作物が芽生え、雑草を取り除いておけば、災害に遭わない。何も恐れることはない」と。

昔、私がまだ仏でなかったとき、心が広く皆を愛し哀れみ、衆生を救済した。それはちょうど、慈母が赤ん坊を育てるようなものであった。そのようにして七年後、その功績に対する褒美をいただき命尽きた。

魂は天へと上り梵皇となり号して梵摩とした。その天位にいた。さらに天地の七成七敗を経てまさに天地が崩壊しそうなとき、私はすなわち第十五約浄天に昇っていったのだ。その後さらに天地が始まると、また梵天に帰った。

清浄で無欲で、自然のままであった。その後、忉利天帝となること三十六回繰り返した。七宝の宮城で飲んだり食べたり衣服を着、音楽を奏で自然な生活であった。

後にまた世間に帰り、飛行帝王となった。七宝を導き従えた。一には紫金の転輪。二には名月の神珠。三には飛行の白象。四には紺色の馬の朱いたてがみ。五には玉のように美しい妻。六には儀式に重要な家臣。七には聖なる家臣でそれぞれ八万四千人ずつあった。王には千人子供がいた。皆容姿端麗で、慈しみ深く勇敢である。一人で千人の敵にあたるほどである。

王はその時、五つの教えで国を治め、人民を正しく導いた。五つの教えとは、一には慈しみ深く、殺さず恵みは皆に及ぶ。二には清らかで穢れがなく盗みはしない。自分を捨てて衆を救う。三には操がかたく行いが潔白で欲がない。四には誠実で欺かず言葉に偽りがない。五には親孝行で酒に酔わず行いは汚れがない。

その時、牢獄はなかった。鞭を加えることはなかった。風雨は適度にあり、五穀豊穣である。災害も起こらず世の中は太平であった。

四天下の民衆はお互いに助け合い道に従い、善き者は福を得て、悪しき者には禍が重ねて起こると信じた。死んで皆天に昇る。三悪道にはいるものはなかったと。

仏は比丘たちに告げた、「昔、私は前世に慈・悲・喜・捨の四無量心の行いを実践し、七年の功積により昇り梵皇となり、下り帝釈天となった。また世間に戻り飛行皇帝となり、四天下を規範として数千百世となる。功徳を積み重ね徳が満ち、諸悪が寂滅し、多くの善人が皆会す。この世において仏となり、ただ一人で歩む者、三界でただ一人の尊きものとなった」

比丘たちは経を聞いて、歓喜し、仏に礼拝をして去った。菩薩の普智度無極である。知恵行とはこのことである。

九十一話は以上です。国王がいかに国を治めるか、どのように国民の心をとらえるか、手本として儒教や仏教の教えを中心とした物語が作られたと思われます。王として人民を正しく導くには五つの教えに従うこと。四無量心を実践し、その功績で菩薩は天に昇ったのであると。これらすべてが菩薩の普智度無極であると締めくくっています。

何度も生まれ変わり、死に変わり途方もないくり返しの人生を経てやっと釈尊になったという物語が綴られています。この世では国の王となり家臣や民のために善をなし、昇天した後も天上で功徳を重ねた結果、立派なこの世の国王になったと説いています。

これらは智慧波羅蜜の物語として書かれた一番古いものと思われます。

全体を通して所々意味の不明な部分もありますが、智慧の物語の内容は大筋理解できると思います。

解題の説明では菩薩の修行である六波羅蜜について述べているとありますが、それぞれの話は儒教中心の物語が多く、国王向けに国を治める方法が六度無極章であり、智慧波羅蜜として構成されているようです。当時の模範的な人間を描くことで国を守り繁栄させ、民衆を幸せに導く王としての役割を示すものと思われます。まだ智慧というもののはっきりとした内容が整理されていない時期に書かれたようです。

如是我聞で始まる文章形式は経典と共通するものです。

女性と母

『般若心経』の経典を形にした般若菩薩のイメージは女性名詞の「智慧の完成」にあります。宗教における女性や母の存在や、優れた特殊能力はこの地球上に人間が生まれ、その歴史のなかで古くから認められていたのは事実です。しかし、多くの時代、女性は穢れたもの、修行の妨げとなる、また女人禁制という言葉が示すように女性が認められない傾向は今現在も依然として残っているのも事実です。

では、神の世界ではどうでしょう。アーリア民族侵入以前の古代インダス文明では、自然や樹木、動物などが崇拝されたほか、女神の小像の発見からも女神崇拝は盛んであったと思われます。その後ヴェーダの時代に祭式主義中心のバラモンたちの「父の宗教」といわれる時代になりますが、前五〇〇年頃から再び女神崇拝がインドにおいて勢力を得るようになります。その大きな理由として、『ヒンドゥーの神々』のなかで立川武蔵氏は女性の神について次のように述べています。

『村の神』（grāmadevatā）と呼ばれる土着信仰との結びつきが考えられる。ヒンドゥイズムは地方文化を吸収しながら全インドに広まるのであるが、それは、『村の神』――大体は女神である――との融合という形で行われた。

さらに、立川武蔵氏は同書のなかで女性は、

聖なるものと神的なものとの還元不可能性、究極的実在の理解不可能の本質を象徴するに至る。女性は存在、あるものすべて、すなわち不可解に生成し、死に、再生するすべてのものの密儀と、創造の密儀との両方を具現する。

と述べられ、女性は不思議な力をもつと言われます。

バラモン教が先住民の宗教を取り入れ、新しい「ヒンドゥー教」を四世紀頃に作り出しますが、その中で女神の誕生物語は多く作られ、九、十世紀になると、男神たちから独立した勢力を得るようになります。そして、すべての女性はシャクティの権化となっていきます。

シャクティとは力、能力を意味しますが、女性名詞であるため根源的な女性原理として考えられ、悟りや解脱のもとであるとされました。シャクティは「活動者」であり、後に明王をも生み出す女神となり、また仏・菩薩を産む仏母に変化します。

ヒンドゥー教では、男神のもてる力は、男性原理である「純粋精神」であるプルシャによるもので、「非活動者」です。プルシャとはサンスクリット語で人間とか男性を意味します。

これに対して女神のもてる力は、女性原理である「根本原質」でプラクリティによるものであり、「活動者」です。このプラクリティは女性力であり、シャクティそのものであるから、諸々の活動は女神が司る、と『女神図典』のなかで西上青曜氏は述べています。

男神は静観的で、女神は祈祷や呪法に早く反応するので、強い呪法と結びつき発展することになります。またE・コンゼ（Edward Conze）は『Thirty Years of Buddhist Studies』のなかで次のように述べています。

仏教の教義の中心は仏陀自身という男性の形態にあるが、ところが仏陀は『全ての仏陀の母』である般若波羅蜜という女性の力に従属するものである。阿弥陀浄土においてさえ、女性は存在しないという教えであるが、にもかかわらず、女性的要素は非常に初期の段階から大乗と共に存在していた。それは、知恵の完成にすべてがある、とする重要性に起因している。

コンゼはまた同書のなかで次のようにも述べています。

大乗の人々は瞑想するとき、自分自身のなかにある女性的な力を育てることにより、完成される、と信じていた。彼らは忍耐や自由な優しさというものを経験すべきであり、女性を通して理解されるこの世界の神秘的な、そして隠れた力を以って、物の本質である扉を開け、自由に学ぶべきである、と信じていたのである。

また、女性と同じように、知慧の完成は称賛と、それを得ようと努める価値のあるものである、とも述べています。

またE・ノイマン（Erich Neumann）は *The Great Mother* のなかで、「母」の「原型」と思われる出現について、遠い昔の旧石器時代に考えられた母のイメージの最後に最も洗練された、女性の特質である最高の精神性と、荘厳されたものとしての知慧の存在について述べています。

このように古代から女性は男性とは違う感性をもち、無から有を産み出す特有な能力を認められていました。どの世界でも昔から母は強い存在です。仏教においても釈尊の時代には女性で最初に弟子になった人の話もあるように、男女の差別はなかったようですが、時代とともに変化し男性優位の社会の台頭により一方的に蔑視される傾向の時代もありました。では、仏の世界ではどのように仏の母が生まれたのでしょう。またその造形はどのようにしてできたのでしょう。

仏像

仏教の歴史をたどると釈迦の死後、その周りの者たちは考えました。弟子たちは釈迦の遺骨を守る者と釈迦の教えを伝えようとする二つのグループに分かれます。

釈迦自身は亡くなる前に自燈明《じとうみょう》・法燈明《ほうとうみょう》の教えを言葉として遺しています。自らを燈明として、法を頼りに他に依存しないで生きていくことを提唱しました。自らを燈明とするとは、自己を深く観察することで無知に気づき自由になることです。自己観察することでありのままの真理や法を発見することにつながると思われていました。形を残すことについては一切語ることはありませんでした。

『般若経』が成立してくる一世紀前後の時代には、釈迦の遺骨を祭るストゥーパ信仰を支持するグループは幻の中や瞑想の中で十万の諸仏が目の前に姿を現し、その教えを受け、苦難と迷いから救われようと祈っていました。多くの仏教徒は夢の中や三昧《さんまい》、瞑想の中で諸仏の激励と教受の声を聞くようになります。

三昧とはサマーディ（samādhi）の音写で、心を静めて一つの対象に集中し散らさず乱さない状態のことをいいます。

釈迦が亡くなり六〇〇年ほど経ったころ、支婁迦讖《しるかせん》という訳経者が現れました。彼は後漢の桓帝（在位146―167）、光和（178―184）、中平年間（184―189）にかけて活躍した人です。

彼により訳された『般舟三昧経《はんじゅざんまいきょう》』には、夢中に如来や阿弥陀仏を見るという記述があります（大正蔵13〔『大正新脩大蔵経』第十三巻〕905c, 922a）。

般舟三昧とは三昧中に仏に出会うことを説くもので、人里離れ西方浄土で現に説法する阿弥陀仏を一心に想念すると、夢中や覚醒時に仏が目の前に現れるというものでした。

『般舟三昧経』は阿弥陀仏やその極楽浄土について書かれた最古の文献です。

また、亀茲国出身の鳩摩羅什（344－413）は後秦時代に長安に来て約三〇〇巻の仏典を漢訳した訳経僧ですが、彼は夢中見仏という夢の中で見る仏について書いていいます（大正蔵45　134c）。

欲を離れない諸菩薩のために、般舟三昧を称讃して、しかもこの定力なるものが未離欲であっても心を一処に摂して、よく諸仏を見ることが則ち仏道の根本であるとしました。

その後、インドの僧で九八〇年（宋、太宗、太平興国五年）に中国に渡った宋の訳経僧、施護《せご》訳の『仏説仏母出生三法蔵般若波羅蜜多経』にも「夢の中に仏が……」とあります（大正蔵8　651a）。

誰でも見ることのできる夢を頼りに仏に会いたいと願ったのです。一心に心を集中して念じても会えない凡夫やまた信じられない人にも夢なら会えるかもしれないと希望がもてたのでしょう。

基礎的教義が書かれている『大般若波羅蜜多経』には「夢に如来が獅子座に坐して、多くの比丘衆に囲繞《いにょう》せられて説法したもうを見る」（大正蔵7 283ab）とあります。

『大般若波羅蜜多経』は唐時代に玄奘三蔵（602–664）が大乗仏教の長短さまざまな「般若経典」を集大成した経典で通称『大般若経』と言われるものです。

さらに如来の三十二相、八十随形好《ずいぎょうこう》を具体的に見ることを付け加えます。民衆の多くは素朴に仏陀に会いたいという願いを抱き続けました（大正蔵7 283ab）。

理想の姿を思い描くようになりますが、実際に目で見る仏の姿を民衆は想像したかったでしょう。仏の身体に備わる分かりやすい三十二相の特徴と細かい八十の特徴を合わせたものが具体的に表現されるようになります。

三十二の特徴には白毫《びゃくごう》という眉間の間にある右巻きの白い毛、美しく遠くまで聞こえる声、歯並びが綺麗で清潔である、眼は紺色、両肩が丸く豊である、身体全体が光を放ち黄金色に輝く、手足指の間に水かきがある、十本の手の指は細く長い、足の裏が平で偏平足、足裏に千輻輪《せんぷくりん》が現れている、などがあげられます。

細かい特徴の八十随形好は、三十二相をさらに細かく記したもので、耳が肩まで垂れ下がっている、耳たぶに穴が空いている、のどに三本のしわがある、などです。

玄奘三蔵の『大般若経』の経典のなかで初めて具体的な如来の姿形が示され、いよいよ実際に目に見える如来が仏像として姿を現します。

初期仏教では仏足跡といい、仏陀の足の裏の形を石の上に刻んだものや法輪、菩提樹、塔などを拝んでいました。日本では天平勝宝五（七五三）年の奈良薬師寺の仏足跡が最も古いものと思われます。このような素朴な対象から始まった釈迦に対する讃辞でしたが、時代とともに実際の釈迦に会いたい、そして、その教えを学びたいと欲求が高まるのは当然のことでしょう。

実際にインドで仏像が作られたのは一世紀前後と思われます。経典で夢中見仏を推奨されたほぼ同時期に仏像が造られ始めていたと考えられます。今のパキスタン北西部に存在したガンダーラ地方とインドのマトーラ地方で同じころの一世紀〜七世紀に仏像が造られました。

ガンダーラ仏は一部アフガニスタンにかかるパキスタンで出土され、材質は片岩という硬い変成岩、色はやや緑がかった灰色です。仏像の特徴は、カールした髪は長く結い、眼鼻立ちが深くヨーロッパ的な顔立ちです。

一方マトゥラー仏はインドのほぼ中央より少し北の地域で、材質は赤砂岩で赤茶色、やわらかい土です。特徴として髪は巻貝形で頭頂部で束ね、顔や身体全体はふっくらし、微笑んでいるような口元で、耳たぶは長いです。

両地域は地理的に離れていますが、同じクシャーン朝の文化圏ということで同じ時期に造られたと考えられています。クシャーン朝は元はイラン系の遊牧民族だったという説が有力です。当時のカニシカ王は武力による政治から法による政治として仏教の精神を取り入れたと考えられています。このようにして各地で仏像が盛んに造られるようになります。

仏母

さて、「般若波羅蜜」はその後多くの仏教経典として編纂されるようになります。『般若経』は般若波羅蜜を説く大乗仏典の総称ですが、中でも『八千頌般若《はっせんじゅ》』が最も初期の基本的なもので、紀元前後から一世紀頃までに成立したと考えられています。その後数百年にわたり、さまざまな『般若経』が編纂されました。

『八千頌般若』とは、文字数を偈頌《げじゅ》に換算してその偈頌の数が八千あるので八千頌般若経といい、後に増広された『二万五千頌般若経』等と区別するためです。

初期の『八千頌般若』の訳者や関係する僧たちは、遺骨を納めた仏塔という形ではなくむしろ般若波羅蜜多という智慧への崇拝を提唱しました。

『八千頌般若』第四章の冒頭に、如来の遺骨と書き記された般若波羅蜜とのどちらを選ぶかというブッダの問いにシャクラは般若波羅蜜をとる、なぜなら、般若波羅蜜こそ如来の案内人であり、如来の真正の身体であるから、とあります。

梶山雄一『大乗仏典　八千頌般若Ⅰ』（中公文庫　二〇〇一年　p.129）には次のようにあります。

『仏陀世尊たちは真理を身体とするもの（法身）たちである。そして、比丘たちよ、決してこの物理的に存在する身体を（仏陀の）身体と考えてはいけない。比丘たちよ、私のことを、法身によって完成されているのだと見なさい』と。この如来の身体は知恵の完成という、真実の究極（実際）からあらわれたものと見なければなりません。

法身とは、絶対的な真理を身体とする仏陀をいいます。

法身《ほっしん》、応身《おうじん》、報身《ほうじん》の三身は仏の三種類の身の在り方をいい、応身は人々の前に現れる悟った釈迦の姿で、報身は仏性のもつはたらきで修行して仏になる姿をいいます。

彼らは仏塔の崇拝は仏陀の物理的身体の崇拝であるにすぎない、仏陀の身体は般若波羅蜜多という真実から現れたものだと主張しました。般若波羅蜜多が過去、現在、未来の仏の母でさとりの本質であると説いたのです。般若波羅蜜は仏陀の精神的本質であり、真実の究極であり、仏陀を生む仏母であると考えるようになります。

『八千頌』第十二章では「知慧の完成」を母にたとえます。病気の母を癒すために努力する息子たちは「どうしたら母は長生きするか、どうしたら身体は滅しないか、どうしたら苦痛が生じないで不快が宿らないか」と考えました。息子たちは、幸福に必要なあらゆるものを持って母親の面倒をよく見、充分にまもり、看

護するであろう。なぜなら、

彼女はわれわれの母であり、生みの親である。つらい仕事を行った彼女はわれわれに命を与え、この世界を見せてくださったかたである。

『大乗仏典3　八千頌般若Ⅱ』（梶山雄一・丹治昭義訳　中公文庫　二〇〇一年　p.8）

同じように完全なさとりを得た如来たちは母を思うように「知恵の完成」を世話し、大事にして守るのです。

この（知恵の完成）は、供養されるべき、完全なさとりを得た如来たちの母であり、生みの親であるからである。（この知恵の完成は如来たちに）全知者性を示し、世界を見せるものなのである。スブーティよ、供養されるべき、完全なさとりを得た如来たちは、この（知恵の完成）から生じたのである。

『大乗仏典3　八千頌般若Ⅱ』（梶山雄一・丹治昭義訳　中公文庫　二〇〇一年　p.9）

息子たちが、母に思いをそそぐように、如来たちは、「知恵の完成」に思いをそそぎ、母に苦しい感覚や感触がないように、事件や災難、事故がふりかからないように、と守ります。どうすれば、この「知恵の完成」が語られ、書写され、学ばれているときに、邪悪な魔や魔神が障害をなさないであろうか、と思いをそそぐのです。

彼らは仏母である般若波羅蜜により「最も優れたさとり」を得ることができると考えました。梶山雄一氏は言います。

現在十方諸仏というものがいなければ、それを信仰するとか、或はそれらの仏陀の産みの母である般若波羅蜜を得ようと努力するという道はでてこなかった。

梶山雄一「見仏と空性」(『親鸞教学』55　一九九〇年　p.100)

十方諸仏に支えられた『般若経』の全般に「仏母」という言葉はたびたび見ら

れます。

『八千頌』より古い最古の訳といわれる『道行般若経』は支婁迦讖により一七九年に漢訳されたものですが、その巻第五に母を思い、病気にならないように、安心して暮らせるように、寒さ暑さから守るためにはと、思いをめぐらす子供の物語があります（大正蔵8　448.3）。

巻第九には「過去、未来、現在の諸仏は皆般若波羅蜜から出生した」、「六波羅蜜は是れ諸菩薩の母である」（大正蔵8　469.1）。巻第十には「般若波羅蜜は仏母である。是れ慧明である」（大正蔵8　477.3）とあります。

その他に、『大明度無極経』、『大明度経』は支謙により二二五～二五七年、建興年間（252–253）に訳出されています。巻第三に「明度慧は菩薩大士の母である」（大正蔵8　487.2）、巻第六に「六度の修行をする者は諸菩薩大士の母である」（大正蔵8　502.3）とあります。

また、曇摩蜱《どんまひ》、竺仏念《じくぶつねん》共訳の『摩訶般若鈔経』は三八一年に訳出されています。

巻第三に「般若波羅蜜は是れ菩薩摩訶薩の母である」（大正蔵8　552.1）とあります。「菩薩摩訶薩の母」とは菩薩の階位の違いはあるものの、同じ菩薩の母です。

また、鳩摩羅什（334－413、一説に350－409）は当時の亀茲国、今の新疆ウイグル自治区クチャで生まれ、長安に来た仏典の訳経僧です。

彼の『小品般若波羅蜜経』は西紀四〇八年の訳出とされますが、巻第三に「般若波羅蜜は菩薩の母」（大正蔵8　550.1）。巻第五には、母を思う子の物語があります（大正蔵8　557.3）。巻第九は「菩薩の母、諸仏を生む」（大正蔵8　578.1）、「般若波羅蜜は諸菩薩の母」（大正蔵8　583.3）、「般若波羅蜜は諸菩薩の母」（大正蔵8　583.3）。同じように「菩薩の母」が多く、「諸仏を生む菩薩の母」は一箇所です。

さらに、同じ鳩摩羅什訳による『摩訶般若波羅蜜経』には、二箇所、巻第十四に「般若波羅蜜是諸仏母。」と、巻第二十七に、「般若波羅蜜是過去未来現在十方諸仏母。」とあります。特に、巻第十四の「仏母品」第四十八は、仏母の内容について詳細に説いていています。多くの息子をもつ母の物語の中に、母は我々を生んで世間を見せてくれたとあります。

インドの僧、施護は九八〇年、訳経僧として中国に渡り、天息災と共に皇帝の保護のもと、訳経に従事、『仏説仏母出生三法蔵般若波羅蜜多経』を訳出しました。サンスクリット『八千頌』はこれにもっともよく一致するといわれています。この巻第一から巻第二十五までのうち、「般若波羅蜜多は諸菩薩の母」（大正蔵8 613.3）、母を思う子の物語、「般若波羅蜜多は諸佛母」、それに続き、次のようにあります。

「正等正覚所有一切智」（大正蔵8 628.2）

「般若波羅蜜多。過去、未来、現在の仏母。出生諸仏及び一切智」（大正蔵8 664.2）

「般若波羅蜜多は諸菩薩の母」（大正蔵8 665.1）

「般若波羅蜜多は諸仏母、また諸菩薩母、能成就一切智、円満一切仏功徳法」（大正蔵8 673.1）

「諸仏母及び菩薩母、般若波羅蜜多は正法である」（大正蔵8 673.1）

「般若波羅蜜多は諸仏母である、出生諸仏一切智智である」（大正蔵8 676.2）

時代とともに仏母と菩薩母が繰り返し説かれますが、その前後の「一切智」や、「円満、一切功徳法」、「正法」、「一切智智」などの言葉は、経典が進むにしたがって明示されるようになります。般若波羅蜜多の成長に伴い、仏母、法身への発展が散見されます。

このように、『八千頌』の最古の三つの漢訳である『道行般若経』、『大明度経』、『摩訶般若鈔経』において般若波羅蜜は菩薩の母でした。そして、六波羅蜜の中で般若波羅蜜が重要な位置を占めていたこと、般若の知慧をあらわす原語（プラジュニャーパーラミター）が女性名詞であること、菩薩は将来仏を約束されていること、三世に諸仏が存在することなどから、菩薩と仏の両者の母へ、さらに諸仏の母である仏母へと発展しました。

大智度論

ここで、『摩訶般若波羅蜜経』の訳者である鳩摩羅什の、もう一つの訳出書である『大智度論』を取りあげます。大品般若経である『摩訶般若波羅蜜経』の注釈書『大智度論』は龍樹《りゅうじゅ》により書かれたもので、鳩摩羅什の訳出です。

インド哲学研究者の宇井伯寿《ういはくじゅ》氏によると成立年代は二世紀の半ばから三世紀の半ばまでで、ベルギーのインド学、仏教学者のE・ラモット（Étienne Lamotte）氏によると四世紀の初頭と結論されています。

龍樹の『大智度論』は空の思想を説くほか、六波羅蜜菩薩を詳述し、さらに当時の諸思想や伝承・学説・物語（ジャータカなどの仏教文学）・教団の戒律や暦法・算数その他にも触れています。龍樹は一世紀中頃の南インド出身の僧で名前はサンスクリットのナーガルジュナの漢訳名です。

『大智度論』に「仏母」という言葉が十九箇所に見られるので、その特徴あるものを取りあげます。

1. 譬如大海水中一滞両滞。實般若波羅蜜名三世諸仏母。能示一切法實相。是般若波羅蜜無來處無去處。一切處求不可得。如幻如響如水中月見便失。（大正藏第二十五巻　釋經論部　P93）

2. 何以故。但説當學般若波羅蜜。答曰。是經名般若波羅蜜。仏欲解説其事。是故品品中皆讃般若波羅蜜。復次般若波羅蜜是諸仏母。父母中母功最重。是故仏以般若為母。般舟三昧為父。三昧唯能攝持亂心令智慧得成。而不能觀諸法實相。般若波羅蜜。能遍觀諸法分別實相。（大正藏第二十五巻　釋經論部　P314）

3. 譬如太子雖小群臣百官無不奉承。仏可諸天述而成之。若供養菩薩。即是供養仏者。般若是三世仏母。若為般若故供養菩薩。問曰。（大正藏第二十五巻　釋經論部　P460）

4. 是一切十法緒仏母亦是緒仏師。諸仏得是身三十二相八十隨形好及無量光明神通変化。皆是般若波羅蜜多力。以是故。供養般若波羅蜜勝。以是等因縁故。勝供養十方緒仏。（大正藏第二十五巻　釋經論部　P475）

5. 是故仏告須菩提。為説譬喩。如子知恩故守護其母。般若是十方諸仏母故。若有魔等留難欲破壊般若波羅蜜者。諸仏雖行寂滅相憐愍衆生故。知恩分故。

用慈悲心常念。用仏眼常見。（大正蔵第二十五巻　釋經論部　P544）

6．仏知皆是空相。空想即是無相。仏得是無相。得者是知無比遍知故名得。是諸法相今轉名般若波羅蜜故［經］般若波羅蜜是諸仏母。般若波羅蜜能示世間相。是故仏依止是法住。供養恭敬尊重讃歎是法。何等是法。所謂般若波羅蜜。諸仏依止般若波羅蜜住。（大正蔵第二十五巻　釋經論部　P549）

仏母の特徴は、

(1)　般若波羅蜜は三世諸仏の母である。一切の法の実相を示す。幻、響のよう。般若波羅蜜は知慧の宝蔵。

(2)　般若波羅蜜は諸仏の母である。父母の中で母の功は重い。般若を母とし、般舟三昧を父とする。般若波羅蜜は諸法を観じ、実相を分別し、事を達成させ、功徳大ゆえに、名づけて母という。般若を母、般舟三昧を父とする。

(3)　般若は三世の仏の母である。般若のために、菩薩を供養すれば、仏を供養することと同じことである。

(4)　般若波羅蜜は一切の十方諸仏の母で、諸仏の師である。諸仏の三十二相、八十随形好、無量の光明、神通変化は般若波羅蜜の力である。

(5)子の恩を知るがゆえにその母を守護するように、般若は十方諸仏の母ゆえに、般若波羅蜜を破壊せんとするものを、諸仏が寂滅させたとしても、慈悲心をもって、そのものを守護し、仏道を失わせることはない。

(6)すべては空である。般若波羅蜜は諸仏の母である。般若波羅蜜はよく世間の相を示す。仏はこの法を供養し、恭敬し、尊重し讃歎する。

その他、

(7)般若は諸仏の母であり、その中に住めばよく仏法が具わる。

(8)般若の宝蔵は、十方諸仏の母にして、よく人をすみやかに仏道に至らしむ。

(9)般若波羅蜜は過去、未来、現在の十方の諸仏の母にして、十方の諸仏に尊重される。

(10)般若波羅蜜は諸仏の母であり、諸仏は法を以って師となす。法とは般若波羅蜜なり、もし、師あり、母あれば、利を失うことはない。

全体の特徴として般若波羅蜜は母として諸仏を生み出し、そして般若波羅蜜の法は諸仏から供養され恭敬され尊重される。また般若波羅蜜は法の実相を分別し、示し、事を達成させる。神通変化は般若波羅蜜の力である。声を出し読誦することで力をもつものである等と示されています。

菩薩の修行徳目のひとつとして最も重要であった般若波羅蜜は六波羅蜜の慧波羅蜜となり、智慧が女性名詞であることや後にさまざまな経典を生み出すことから仏の母と呼ばれるようになったと思われます。

般若波羅蜜は経典自体を産み出すだけでなく、仏、菩薩をも生み出す仏の世界の仏母となり時代の要求とともに成長することとなります。教義、経典の上で智慧の代表であった般若波羅蜜は諸仏、諸菩薩の母へと、また造形的にも般若菩薩という形と名称を獲得します。釈迦に会って直接教えを説くことを望む民衆の切なる願いから仏足石や法輪ではなく、釈迦をイメージした形の仏像を求め祈る対象として多くの尊格のなかの一尊として、般若菩薩は出現してきたと思われます。

経典自体を象徴として造形化された般若菩薩は智慧の代表として時代を通して

その役割を担うようになります。図像的には中国、インド、日本に残る般若菩薩像の多くは、左手や左側の蓮華上に『般若心経』の経典を捧げ気品高く優雅で知的に彫刻、造仏され、また描かれています。

日本では般若経典群や胎蔵曼荼羅の持明院に散見され、一般の人々が現世利益を求める多くの変化観音ほどの作例は残念ながらありません。仏像としての般若菩薩の人気はなかったと思われますが、『般若心経』は永遠に人々に愛され唱えられる経典のひとつとなりました。

ダラニと智慧

梵文を翻訳せずにそのまま読誦する仏の教え「マントラ」を真言といい、「呪」とも言われます。マントラは讃歌や祈りを表現した短い聖なる言葉で、宗教的には呪文などを指します。それに比べ長いものをダラニといいます。

ダラニは本来は経典を記憶する力、善法を保持する力を意味しますが、言葉のもつ力に効果があるとする性格が強くなり、秘密の言葉といわれます。通常は意訳せずサンスクリット語をそのまま音読し唱えます。比較的長文で「ソワカ」（幸あれ！）で終わることが多いようです。漢字では陀羅尼と書きます。

『エリアーデ著作集　ヨーガ②』（M・エリアーデ　せりか書房　一九七五年　p.24）では、文字どおりには「支える、あるいは囲む女性」を意味する「ダーラニー」（dhāraṇī）という語は、すでにヴェーダ時代に精神集中（dhāraṇā）のための「補助」や「防御」の意味で用いられていた、とあります。

智慧の般若波羅蜜は呪とかダラニであると言われ、『大智度論』巻第五十八で般若波羅蜜は精神を集中させることで執着をなくし、比べるものがないくらい素晴らしいものだといいます。

松長有慶『密教の歴史』（サーラ叢書　一九六九年　pp.34–35）に、「外道の呪術は衆生の慾望を満たすから人びとはそれを尊重する。しかし般若波羅蜜の呪はもろもろの執着を滅ぼし、仏智を得させる。だから同じく呪であっても、仏教の呪は大であり無上であり無等等である」と述べてられています。

呪は目に見えないものなのでいろいろ解釈されますが、言霊に力があるように、目に見えないものだからこそ、より力があると考えることもできます。

また、『密教の歴史』（p.35）には、「ダラニには聞持《もんじ》ダラニと諸法実相ダラニの二種がある。この両ダラニ門に住せばよく無碍智《むげち》を生ず。」とあります。呪もダラニもともに究極の智恵である般若波羅蜜に他ならないといいます。

聞持陀羅尼はくり返して唱えると「教法を憶持する」といわれ、仏の説法を聞いても忘れない智慧を得ることができると考えられています。

諸法実相陀羅尼とは善法を保持する力です。現実世界において現れるすべての現象、物事の真実の姿、究極の真理を維持する能力です。法を記憶し、そして保持する力が智慧となります。この両ダラニを獲得すれば何ものにも妨げられない智慧が得られるといいます。真実、真理を保持する智慧です。

空海は室戸岬で虚空蔵菩薩求聞持法を唱えていましたが、一度でも見たもの、聞いたことは忘れないという記憶力を高める修法だといわれています。

ダラニの教説は『小品』系のサンスクリット本、漢訳本、チベット訳本など初期の大乗仏教経典群の般若経には見られませんが、『大品』系の「二万五千頌」「一万八千頌」などの規模の大きなものでは多説され、思想・教理面での発展を特色づけています。

『講座・大乗仏教二』――「般若思想と密教」（松長有慶・氏家覚勝　春秋社　昭和五十八年　p.229）に、次のようにあります。

これは、般若波羅蜜多の理念が『大品』系般若経典でより敷衍・強調されたときに、般若波羅蜜多の真理の一面をになっていた三昧や陀羅尼が、つよく前面に押し出されたためであろうと思われる。三昧や陀羅尼がになっていた、真理の一面とは何かといえば、それは般若波羅蜜多の普遍性と永遠性ということである。

般若波羅蜜多の存在が重要視されるようになったからだと思われます。

また『エリアーデ著作集　ヨーガ②』（pp.27—28）には次のようにあります。

『八千頌般若波羅蜜多経』はわずか二、三節の『般若波羅蜜多心経』に要約される。この種の短いテキストは二、三行の般若波羅蜜多ダーラニーに収められる。そして次には一つの般若波羅蜜多マントラへと集約され、最後にそのマントラはその「種子」である種子マントラpramへと還元された。このように人は音節pramを唱えることによって般若波羅蜜多形而上学の全体を完全に学ぶことができたのである。ここには、（略）般若波羅蜜多の「女神」の姿を取った「宇宙的空の真理」の直接的、全体的な同化が存する。全宇宙がその中の存在様態を含めて、マントラの中に顕現しているからと思われる。

ダラニからマントラへ、そして究極の種子マントラへと一字に集約されます。

最終的には一文字が宇宙を現すようになります。

種子マントラとは尊格を象徴する一音節の呪文で、梵字一文字で表記されます。仏の絵姿の代わりに種子を書き、手間を省く意味もあります。種子は梵字の解釈から作られる場合と尊格の梵名の頭文字を取って作ることもあります。

例えば、不動明王の真言は「ノウマク　サンマンダ　バザラダンカン」、種子は「カーン」「カンマーン」という一文字です。


奈良の法隆寺の通称百万塔といわれる「無垢浄光大陀羅尼経」は八世紀天平時代に作られたもので、現存する世界で最も古い木版の印刷物です。

百万塔は奈良時代後期、称徳天皇（聖武天皇の皇女）が国家鎮護、延命、除災を願い作らせたもので塔の一つ一つに「百万塔ダラニ」のお経の一部が納められています。

完成した百万塔は東大寺はじめ十のお寺に十万個ずつ分けられましたが、現存するのは法隆寺の四万数千基だけです。当時のダラニに対する信仰は国を治め民衆の安寧を願う国の政策でもあったと思われます。

曼荼羅

曼荼羅は古代インドのサンスクリット（梵語）でmaṇḍalaと書きます。関連する語としてマンダ、マンダラカがあります。それぞれサンスクリットの意味は『モニエル梵英辞典』によると、次のようになります。

[maṇḍa]（m.n.）the scum of boiled rice,the thick part of milk,essence,
[maṇḍala]（mfn.）circular,anything　round,ring,ball,wheel,
[maṇḍalaka]（n.）a disk,circle,a group,円盤、輪、群、結界、曼荼羅、

マンダにラやラカが付いた言葉に共通する意味は円、球、輪です。

マンダの意味は、温めたお粥の表面にできる薄い膜や温めた牛乳の上澄みなど、

それぞれ表面にできる膜状のものをいいます。エッセンスと考えると少量で貴重なもの、物事の重要な部分、本質、真髄、精髄という意味もあります。
この言葉は主に密教で用いられ、「真髄」、「中心」、「結界」などの意味から「さとり」の境地や「聖なる空間」としてとらえます。

七世紀、空海が唐から持ち帰った曼荼羅が日本では最初のもので両界曼荼羅と呼ばれます。その後鎌倉時代に浄土宗の浄土曼荼羅や阿弥陀曼荼羅へと発展します。曼荼羅は密教において非常に重要な役割がありますが、その教えは現代の私たちの生活にどのように活かされるのでしょう。

真言宗、密教寺院では本堂に向かい両側の東西の壁に金剛界曼荼羅と胎蔵曼荼羅を掛けます。空海が唐から持ち帰った布製「両界曼荼羅」は縦横一丈六尺ということで4.85ｍでほぼ５ｍ、ほぼ壁一面です。
大日如来の慈悲を表現する胎蔵曼荼羅と大日如来の智慧を表現する金剛界曼荼羅の二幅で一対です。どちらの曼荼羅も中心に印相の違う大日如来が描かれています。本堂正面の護摩壇は聖域として結界され、火を焚き人間の煩悩を智慧の火で焼き払う修法が行われます。

智慧を表す金剛界曼荼羅は一般に縦横を三つに区切り九つの部分からなるので九会曼荼羅ともいいます。それぞれのブロックには名前が付いています。中央の成身会には、中心に大日如来が描かれています。金剛界曼荼羅には二つの方向性がみられます。

中央の成身会《じょうしんえ》からスタートして下の三昧耶会《さんまやえ》、左へ微細会《みさいえ》、上へ供養会、さらに上四印会《しいんえ》、右へ一印会、理趣会《りしゅえ》、降三世会《ごうざんぜえ》へと右まわりで一周して最後に右下の降三世三昧耶会まで下降するのを向下門《こうげもん》といいます。また逆に降三世三昧耶会から左まわりに上昇して中心の成身会に戻るものを向上門といいます。方向が教えの展開を表します。

向下門は教主である大日如来の聖なる教えが下降浸透し俗世界は仏によって救

われる道筋を現し、向上門は日常生活の俗の世界から修行を経て聖なる世界に移行できる道筋でそれぞれ逆方向に働きます。聖から俗へと俗から聖へと二方向に展開します。

金剛界曼荼羅は『金剛頂経』という経典に基づいて視覚的に分かりやすく描かれ、五相成身観という即身成仏の観想法が説かれています。五段階の観行を修して仏身を得るという観想法です。悉達太子《しったたいし》が成道して釈迦牟尼仏になった歴史的事実を密教的に解釈したものです。

五相成身観とは行者が仏身を得るために行う行で、難しい言い方ですが、通達菩提心、修菩提心、成金剛心、証金剛身、仏身円満の五相をいいます。

金剛界の中央に大日如来を配し三十七尊を基本構成とする成身会が密教的世界を表現します。それぞれ九つのブロックには特徴があり、成身会の働きの変異形と見ることができます。

成身会に向かって右隣の降三世会は教えに従わない者のために忿怒形の降三世

明王が成身会の金剛薩埵の代わりに描かれています。また、三昧耶会は諸尊の持物などで象徴的に表現しています。

金剛界は同じ仏が九つのブロックに姿・形を変えて何度も登場します。成身会の大日如来を除く四仏の周囲にさらに四方から囲む菩薩たちが計十六尊となり、十六大菩薩といわれます。この菩薩たちは四仏の働きを助ける役割を担い、まるで組織のように大日如来を社長とすると、その下に菩薩の部長、課長が仕事の役割を分担し一つの組織として成り立っているようです。

一方、胎蔵曼荼羅は正式名称を「大悲胎蔵生曼荼羅」といい、『大日経』という経典に基づいて描かれています。図像的には「胎」が示すように仏の慈悲の心が一切を包み育む構造をもちます。大日如来を中央に配した中台八葉院を中心に放射状に上下左右、四ブロックが取り囲み三重構造となり合計十二のブロックに分けられます。

内院上部の遍知院は智慧の働きが新しい世界を創造し、下部の持明院では般若菩薩を中心として両側に二尊ずつ、四尊の明王による大日如来の降伏の力を示します。

左側の観音院は大日如来の慈悲と救済が働き、右側の金剛手院は金剛手菩薩による大日如来の力を象徴します。これが第一重の仏達です。

その外側には、大日如来の智慧や教えの実践や徳が細部にわたりくまなく隅々まで行きわたる構造を現します。一番外側の外金剛部院は、功徳をすべてのものたちに広めるようにインドの天神鬼神が周囲を守りながらかためます。

胎蔵曼荼羅は力の強いもの、弱いものに関わらずヒンドゥー教の神々までもすべてを包み込み受け入れます。仏や神たちはそれぞれ自分の場所を与えられ、役割を分担します。現代社会にも通じる世界です。

また、曼荼羅には女性の存在もあります。胎蔵曼荼羅では「仏母」や「部母」という形で現れ、左側の観音院では白衣観音が部母と呼ばれます。遍知院の仏眼仏母は真理を見つめる眼を神格化したもので如来全体の母といわれます。

人間関係でいろいろ問題のある昨今ですが、およそ千三百年前の仏教伝来時にこのような経典を通して曼荼羅世界は俗世の模範を見せてくれるようです。ゆるぎない組織を明示し、確固たる自信と信念で貫く世界を曼荼羅はもっています。如来、菩薩、神、鬼神など同じ空間で争いもなく、女性も母も曼荼羅では存在感を示し強力です。

疎外されるものは誰もいません。皆平等で差別なくそれぞれが自分の居場所、役割をもち、必要とされ、バランス良く全体が整っています。

いじめやパワハラなど複雑な世の中ですが、職場や学校、家庭に自分の居場所や役割があるということは恵まれた環境です。私たちは曼荼羅から学ぶことがまだまだありそうです。

二河白道《にがびゃくどう》

古浄瑠璃の正本『一心二河白道』は一六七三（寛文十三）年に出版され、一六九八（元禄十一）年に近松門左衛門が歌舞伎の脚本を書き、京都で上演されました。

新日本古典文学大系『古浄瑠璃　説教集』（岩波書店　一九九九年十二月十五日）のなかに、近松門左衛門作といわれる「一心二河白道」の物語があります。

近松門左衛門（1653−1725）は越前生まれ、江戸時代の人形浄瑠璃や歌舞伎の作者です。

話は歌舞伎の演目で知られる「清玄桜姫物《せいげんさくらひめもの》」といわれる最古の作品ですが、その終わりの部分に極楽浄土に往生を願う人のために阿弥陀仏の救いを説く比喩の話があります。

もとは中国で浄土教を確立した善導大士が『観経疏《かんぎょうしょ》』（善導の訳した観無量寿経のこと）のなかで、私たち凡夫が極楽浄土へ往生するまでの心の変化を例えて説明されたものでした。

古浄瑠璃の「一心二河白道」は清玄の執愛恋慕の物語です。桜姫は藤次という婿を迎えることになります。祝言の前に京都の清水参詣を思い立ち出かけますが、途中清水寺の若い僧清玄が姫を見初めます。祝言が執り行われますが、清玄の首が生霊として現れ、婿の藤次は驚き逃げ帰ってしまいます。その後迎えた婿も同様に恐ろしさに帰ってしまいます。遂に津の国から婿に来た吉長は現れた怪異清玄の首を討ちます。

後に清玄は桜姫への執心から夢路を通ったと懺悔しますが、桜姫が亡くなったということが嘘であることを知り、吉長を襲います。吉長は重傷を負いながらも清玄の首を討ち落とし、その後、姫は罪の意識から出奔します。

姫は男子出産後息を引き取り、中有をさまよい畜生道にさしかかったとき、蛇身となった清玄に追われます。逃げる姫の目の前に二河白道が現れ、彼岸の観音に教えられるまま名号《みょうごう》を唱えると、その息から現れた六字の名号が弥陀の利剣となり清玄の首を刎ねます。

ここで姫が二河白道にさしかかったときの描写は、次のように記述されています。姫は先を見渡すと、

水火二河の白道　目の前に現れたり　弓手を見れば水の川　白浪　沙を巻き上げたり　馬手を見れば火の川にて　猛火　盛んに燃え上がる　弓手馬手の川の間に　細き道筋一つ有　是を渡りて向の岸へと心ざし　臨んで見れば弓手馬手の水火の川より　あらゆる悪魚　毒蛇　飛竜　小蛇　頭を並べて我食らわんと　争ひけり

『古浄瑠璃　説教集』より

とあります。弓手とは弓を持つ方の手で左の方、馬手とは手綱を取る手で右側をいいます。川の左右から火と水が押し寄せてきます。

向かいを見ると大慈大悲の観世音が紫雲に乗り現れ、弥陀の名号を唱えて渡りなさいと励ます場面へと続きます。これが浄瑠璃の物語です。

一方、仏教説話では一般的に旅人がずっと旅を続けて、最後に河のほとりにたどり着きます。自分が立っているこちら側は人が世間的なつき合いや日常的な交わりに生きています。人生の旅の果てにたどり着いた誰もいない一人ぼっちの場所でした。

川の向こう側に西の岸があり、そこに渡る四、五寸の細い道が見えました。百歩ほどで渡れそうな道ですが、川の右側からは火の波が打ち寄せ左側からは水が絶えず激しく打ち寄せています。旅人は百歩ですがとても行けそうにないと考えます。

見ると後ろからは盗賊や獣の群れが追いかけてきます。どこにも逃げ道はありません。

突然、西の阿弥陀仏からは「汝来たれ、我よく汝を守らん」と、東の釈迦仏からは「危険がないから渡るがいい」という声が聞こえてきます。どうせ死ぬのなら思いきって先に進もうと思います。

しばらくすると別の声が聞こえてきます。

「お帰りなさい、この道は危険で渡れません。行ったら死ぬでしょう、おやめなさい」と呼びかけるものがいます。しかし、その旅人は顧《かえり》みることなく決定心をもって真っ直ぐ西へ向かう道を選びました。やっと道を越えきって、多くの友達とめぐり逢い喜ぶという、譬えの話です。

中国浄土教の祖といわれる善導による信仰の継続を意味する譬えで、決定心のある人間の在り方を示している、といわれています。その時代に西の岸に阿弥陀仏がいて、われわれを呼んでくださる。末法のこの世に仏はなくとも、その教えの中に浄土というものが示されています。

川の一方の火は怒りや憎しみの人間の煩悩を示し、もう片方の水は貪愛、愛欲、欲望の貪りや執着を現し、盗賊や獣も同じ欲を現します。いつも清らかな心をもち続けることは難しいことですが、命がけで渡れば念仏の道は開かれ、これら誘惑の声を顧みないで真っ直ぐに行く心が決定心を現していると善導はいいます。

末法の世に何を信じたらよいか民衆は心さみしい不安な生活を続けるなか、絵解きの「二河白道」を知り、さぞ安心感を得ることができたことと思われます。示されたのは白い細い道ですが勇気を出して進めば、その先にはきっと幸せがあると信じたことでしょう。

『観無量寿経』の韋提希《いだいけ》

浄土宗の浄土三部経のひとつに『観無量寿経』という経典があります。「王舎城の悲劇」や韋提希夫人が主人公といったら聞かれたことはあると思います。女性が主人公の物語は珍しいです。王舎城の悲劇は阿闍世《あじゃせ》王が即位して八年後、お釈迦さまが七十二歳のときに実際に起こった実話です。

簡単なあらすじを紹介します。

韋提希の息子、阿闍世は凶暴な性格で、父の頻婆娑羅《びんばしゃら》王を幽閉し餓死させようとします。また母の韋提希も阿闍世によって殺されそうになり、大臣たちに助けられますが幽閉されます。

韋提希にとってはこれ以上の悲劇的な家族はいないでしょう。自分の産んだ息子により夫は幽閉され、夫の身を案じ食べ物を夫に届けたことが阿闍世に知られ、さらに自分までが苦しめられることになります。韋提希は嘆きます。

私に昔どんな罪があってこのような子供が産まれたのでしょうか。なんの因縁で、お釈迦さまは息子の阿闍世をそそのかした提婆達多といとこ同士なのですか？　どうか世尊、私のために憂いや悩みがなくなるように説いてください。あの世に往生したいです。閻浮提は濁悪の世で地獄、餓鬼、畜生で、不善のものたちばかりです。どうか私に清浄業処の世界を見せてください。

韋提希は「憂いや苦しみの無い処を教えてほしい」と五体投地（身体〈五体〉を地面に投げ伏して祈る方法）して懺悔します。この願いに釈尊は「光台に国を現され」と応えます。釈尊は眉間の白毫相から光明を放つと、韋提希は現れた数限りない大宇宙の諸仏の浄土のなかから光かがやく阿弥陀仏の浄土を自ら選びます。

法蔵菩薩の願の中に選ばしめるという願があります。韋提希が選んだ阿弥陀浄土も法蔵菩薩の願力で、釈尊の方便力であるといいます。この世を捨てて浄土にあこがれるのではなく、この世をもっとしっかりと生きるために浄土の世界が開かれているということを示しています。

浄土という世界こそ我々の本国として、この世に生きるということ。釈尊自身が仏の国を本国として、この五濁悪世に生きられたと同じように、我々もこの世に生きることができるという背景が確立するのです。

韋提希は浄土を見て、阿弥陀仏が観音、勢至菩薩と共に空中に姿を現し、お立ちになるのを見たとき、さとりを得たのです。見ることによって、より広い世界が見え、翻って自分の世界が見えたのです。自分自身が見えたのです。地についたのです。

どのようなことがあっても浄土に往生できることが間違いないとわかり、その喜びと同時に利他の心も生まれ、この苦しみの世界で生きる決心をしたのです。

しかし、その浄土に生まれるにはどうしたらいいのでしょう、韋提希の問いに釈尊は、出家せず、戒律も守らず、悪ばかりのそなたに観法などできるはずがない。観法ができるのならやってみなさい、と言われました。韋提希はそのとおりに実行しようとしますが、心があちこちに飛び散り、凡夫に立派な観法ができるはずはありません。

「やる気になれば何でもできる」と己惚《うぬぼ》れる人に「何もできない自分であった」と本当の自分の姿を知らせるには、実際にさせて身をもって知らせるより他に道はありません。外に向いていた関心が自分自身に向けられ、何もできない自分に苦悩します。

本願を説く時期がきました。釈尊は消え、黄金に輝く阿弥陀仏が現れると、韋提希は歓喜し苦悩は晴れわたり、心眼が開かれました。阿弥陀仏のお姿を見るものは阿弥陀仏の心を体得するということです。

韋提希は阿闍世を拝んで「よくぞ、私をこのようにしてくれました。お前が幽閉してくれたおかげで私は阿弥陀仏に救われることができたのです」と、そして、提婆達多には、「あなたがあの子にあのようなことを言ってくれたから私は牢屋に入れられ、阿弥陀仏の本願に救われることができたのです」と心から感謝しました。

韋提希は言います。「私のように己惚れた悪人は、このようにしてくれなかったら阿弥陀仏の救いにあうことはなかったでしょう」と、阿闍世と提婆達多に感謝します。

それを見て驚いた阿闍世は自分の行いを後悔、懺悔し韋提希を牢屋から出します。その後、阿闍世も仏教に帰依し国中に仏教を伝える王になりました。

さて、私の場合は子供に出会っていなかったら、釈尊の言葉に耳を傾けることはなかったでしょう。息子の病気は私がなんとかして治してみせるくらいの気持ちがありました。何の根拠もなく、傲慢で己惚れです。

子供の望むもの、欲しい物を与え、行きたい所へ連れていき、リハビリは学校から帰ってから近くの病院のリハビリテーションへ週に何度か通い、いいと思われることはすべて行い、楽しいこととリハビリを同時に叶え、恵まれていました。学校の成績より身体が心配でした。

健康な子供は中学三年になると受験勉強に忙しくなりますが、息子は長い装具をつけてソファーの背もたれに支えられ過ごしていました。リハビリ中心の生活でしたが、いつかそれもできなくなると想像すると、その時までにできることは何か考えなくてはなりません。

同時に多感な年齢の息子の心が心配でした。

高校三年の時、楽しい旅行のつもりで出かけた往きの機内で心臓、呼吸が止まり、サンフランシスコの救急病院に入院することになりました。一週間後自発呼吸のないまま日本に戻りましたが、結局気管切開をして自宅に戻りました。

ベッドの上で身動き一つできない身体でしたが、想像以上に精神的には成長していました。退院直後は「生きていても意味がない」と弱気でしたが、しばらくすると「僕にはちょうどいい、安心できるんだ。今の生活は僕に合っているんだ。この生活を貫いてやるよ」と言いました。

「今、僕は動けない身体で良かったと思う。動けていたら何をするかわからないよ。愚かな僕は、これを全うすれば新しい僕に生まれ変わるんだ」。こうなったおかげで目覚めた自分自身を見ているようでした。今自分の身に起こっていることに想像を巡らせ確信したようでした。

自分の置かれた状況をただ嘆くのではなく、その意味を深く考えたようです。素直に現実を受け入れることができたのです。

そのような意味では、動けない身体になったおかげで愚かな自分に気づき、幸せな人生を生きるには今を受け入れることが最善であるという判断をしたのでしょう。そばで見ていた私は息子の心の変化を共感し、貴重な体験を通して私自身も学んだのです。

はじめは大変手のかかる息子だと思っていましたが、今は息子のおかげで多くの経験を通して人生を知り、私自身成長させてもらったと思います。息子から多くのことを学びました。

凡夫の代表の韋提希と同じです。このような人間ばかりが住む人間界なのでしょうか。

和顔愛語

「和」

「和」といえば、聖徳太子の「和を以て貴しと為す」という日本を代表する言葉があります。

「なごむ」や「わ」とも読みますが、平和や穏やかなという意味に使われ、漢字では和尚、柔和、和解、和服など和装、着物に関連した言葉が多いようです。

その他、和食、和訳、和製、和裁、和紙、和犬、和式、など日本に関連するものです。

日本の和を代表するひとつに神社仏閣があります。なかでも私の好きなお寺のひとつは奈良の唐招提寺です。その奥には素晴らしい苔の庭園があります。自宅から近いこともあり、遠来のお客があるとご案内するようにしています。

唐招提寺は唐の鑑真《がんじん》和上《わじょう》により七五九年に造られた寺院で、律宗の総本山です。律宗とは戒律の研究と実践を行う宗派のひとつです。和上という呼び方は、真言宗や法相宗で使われる師の僧や修行を積んだ偉い僧の尊称です。

六八八年に唐の揚州に生まれた鑑真和上は当時長安で修行をされていました。和上は日本の朝廷から招請を受け、受戒制度を確立するために「伝戒の師」として日本へ渡航されます。渡航は十二年間に五回試みましたが失敗、六回目でやっと日本の地を踏まれましたが、その時すでに視力は失われていました。

戒を授けるとは仏弟になるための儀式で、「殺さない」「盗まない」など正しく生きていくための基本原則を守らなければなりません。七五四年、東大寺に戒壇を築き、大仏の前で聖武天皇・光明皇后・孝謙天皇をはじめ多くの人に戒を授けました。その五年後に朝廷より下賜され、七六三年に亡くなるまで晩年を過ごされたのが唐招提寺です。

境内西側、本堂から少し離れた自然豊かな場所にある戒壇院の跡地には石壇部分と宝塔のみが残されています。周囲は他のお寺にはない独特の異国情緒が漂います。

和上の私寺として、最初は校倉《あぜくら》造りの経蔵や宝蔵があるだけでしたが、その後、講堂、金堂が建てられたそうです。

和上の像が安置されている御影堂は一九六四年に移築復元されたものです。その他、唐招提寺で注目されるのは金堂正面の柱です。柱の中央が少し膨らんでいるのがわかります。エンタシスといい、ギリシャ、ローマの神殿に見られる様式に似ています。

境内の一番奥に鑑真和上の御廟《ごびょう》が静かに佇んでいます。そこに続く細い道の両側一帯の木々の間は美しい苔が密集しています。苔は長い年月を経て大切に育まれ、こんもりと盛り上がり、まるで深緑色の分厚い高級な絨毯が敷きつめられているようです。

時代を越えた雰囲気が漂い、今にも和上が歩いて来られるような感じを受けます。

ある時、内モンゴル大学の日本語学科の学生さんたち四、五人が拙宅に遊びに来られました。奈良の観光案内をするつもりで、希望を尋ねると鑑真和上の御廟に行きたいと言います。中国でも鑑真和上と日本の深い関わりは知られているようです。

御廟に案内すると盛んに「いいところですね」と口々に感嘆され、当時に思いを馳せているようでした。仏教を通して日本と中国の歴史に触れ、感動する姿を見て、私が感動させられました。

しかも、若い学生さんたちは詳しく説明をしてくれるのです。日本の学生さんは果たしてどのくらい鑑真和上を知っているでしょうか。

「顔」

かつて、仏像彫刻に熱中している時期がありました。今では興味のある方は独学もできるように、彫刻のすすめなどの本が出版されています。私の先生は仏師のお弟子さんのそのまたお弟子さんでした。

まず基本の模様の線彫から始め、部分的に手首から握りこぶしの全体へと立体的に彫り進めます。次に頭部全体と顔に進み、基本形の簡単な全身の大黒天、観音菩薩へと進みます。木材はヒノキや桂が柔らかくて彫りやすいようです。作品ごとにカットしてある木材にお手本をトレースして形を写してから彫りに移ります。

もちろん先生の指導がなければ自分で刀を入れる判断はできません。小さな仏像でも一体が形として出来上がるのに、私の場合ほぼ一年かかりました。仏師は仏像の大きさには関係なく、一体ほぼ一年で造るそうです。それは作品展に出品するためですが、他に注文を受けると期日までに造るようです。

仏師とそのお弟子さん、そのまた生徒さんが集まり、数百人の合同作品展が年に一度京都で開催されます。私は五、六年勉強したのち、拙い仏像でしたがその年、初めて出品しました。

無謀にもお手本にない般若菩薩像に挑戦しました。実は、かつて「インドネシアの至宝展」で出会った般若波羅蜜多菩薩像に一目ぼれして、どうしても自分の手で造りたくて仏像彫刻を始めたのです。大胆にも木は15㎝くらいの白檀の一木彫を選びました。

彫り始めて満足するまで五、六年かかったでしょうか。なんとか形になったので、作品展に出すことにしました。

自分の般若波羅蜜多像が飾られると、自分がジロジロ見られているような、自分の子供が注目されているような変に恥ずかしい気持ちです。並んでいる他の生徒さんの作品も順々に見てまわるうちにあることに気がつきました。

特にお手本が観音さままで大きさもほぼ同じ作品が隣同士に並んでいると、不思議とお顔だけが全く違うのです。手、足、胴体も微妙に違いますが、仏像のお顔だけは彫られた方にそっくりでした。仏像彫刻で一番難しいのがお顔ですが、刀の入れ方で表情ががらりと変わるので顔を触るのは勇気が要ります。どうも恐ろしくて、ついつい顔は後まわしになります。

彫られたご本人は自分の作品の側でウロウロされているのですぐ分かります。そういうものなのだと初めて知ったわけです。もちろんお手本のお顔を見ながら似るように彫るのですが、出来上がると自分の顔になってしまうようです。それも他人が見ると分かるのですが、ご本人はなかなか気づきません。

とても不思議です。

仏師といわれる方々の素晴らしい仏像の作品を見ても、お顔は整っていますがどことなく仏師、ご本人に似ています。しかし、その作品はさすが思いが込もり、その感動は見ている私に伝わり、思わず手を合わせたくなります。

それからは重要文化財、国宝といった仏像を拝観するときの見方が変わりました。仏像の様式は時代によって違いはありますが、顔に関しては、ははーん、この仏像を彫られた方はあんなお顔をされていたに違いないと思うようになったのです。

形としては仏さまのお姿、お顔なので手を合わせてお参りしますが、同時に鎌倉、室町時代に仏師だった方々と今目の前でお会いしているようなそんな気分になります。

「愛」

愛の人と言ったらマザーテレサを思い出します。彼女ほど多くの貧しい人に寄り添い愛を与えた人はいないでしょう。神の啓示を受けて一生を人のために捧げた人生でした。強い意志と行動力に恵まれ、まさに選ばれた人だと思います。

神さまに愛された人です。人として生き方のお手本としてこの世に現れた方だと思います。

私がハイチのマザーテレサと呼ばれるシスターを知ったのは、夫の仕事の関係で御殿場に二年ほどいたときでした。三島に大学時代の友人が住んでいたので何度か会い、昔話に花を咲かせて楽しい時間を過ごしていました。

ある時、彼女のおばさんにあたる方の話を聞きました。彼女の母親の妹さんで、長い間ハイチで結核の治療に携わっていらっしゃったそうです。今は御殿場近くの修道会の病院で修道女の方たちと一緒に暮らしていると聞きました。友人にそんなおばさんがいるなんて知りませんでしたが、是非会わせてほしいと頼みました。

若い時、私は人の役に立つ人になりたいと漠然と憧れていた時期がありました。

朝起きて寝るまで妄想の世界に浸っていましたが、今もその思いは微かに残っています。

友人から誕生日にお花を持ってシスターに会いに行くと聞いたので、私も同行してお会いする機会に恵まれたのです。

戦後すぐに医師になったシスター須藤さんは、西宮のクリスト・ロア病院の修道会の病院で二十五年間結核の患者さんのお世話をされていました。結核はその後、薬、治療、栄養状態などが良くなり、病気そのものがなくなり、国内の療養所や病院は次々と閉鎖され、シスターの病院も閉じることになりました。

その後、カナダのケベック州でフランス語を学んでいるとき、シスターは貧しいハイチの死亡原因の第一位が結核だと知りました。ちょうど修道会でハイチに支部を作る計画もあり、真っ先に手を上げて名乗り出たそうです。

シスターは一九七六年、四十九歳で初めてハイチに行きました。勇気がある方です。ハイチはキューバ、ジャマイカの隣の島、ドミニカ共和国の一部です。

何もかも初めてのことでさぞ大変だったと思いますが、忍耐と努力の結果、準備は整いました。いよいよシグノの診療所で患者さんの診察を始めましたが、自分の名前や年令を知らない、読み書きのできない人が全人口の八割、住所不定者も多く、大変なご苦労だったそうです。患者さんは貧しいスラムの人が多く、食べ物も充分にありません。

ハイチは自然災害や洪水が多い国なので、シスターは生活の糧を得られるよう農業の再生や植林を始めました。その時、七十五歳でした。

炭焼きを勉強にタイへ行かれたときも、人との出会いや機会に恵まれたそうです。思っていることが現実になっていくのは神様との〝共同作戦〟とシスターは言います。「いいなと思ったことが自然に実現するんですね」と。

「ものごとがどう進んだとしても、それは準備された道だと思っている。大切なのは目の前のできごとを信じて、良く見ること。進むべき道は、できごとのなかに示されている」とシスターは言います。

私は三人の子供に恵まれましたが、二人が障がいをもち、学校の問題や心の問題、家庭での生活など考えることが山積みで、迷うことばかりでした。そのうち、目の前のことに取り組み考えながら行動していると先に進む道が準備されていると感じるような経験が何度かありました。

今まで精一杯生きてきて、振り返ると綱渡りのような人生でしたが、自分の信じる道を歩いていると自然に道が開けるようです。一生懸命生きているなかで困難にぶつかっても、誰かが手を差し伸べてくれたように思います。有り難いことです。後で振り返ってみると、まるで導かれるように歩いてきたようです。シスターの言葉が身に染みました。

「語」

普段私たちが使っている日本語のなかには、サンスクリットを起源とするものがあります。古代インドのサンスクリットは読み書きに使用された文献が多く残っていますが、主に文学、哲学、学術、宗教などの分野で用いられました。

サンスクリットはインドから中国に渡り漢訳され、意味や音そのものが日本語として使われるようになったという歴史があります。仏教関係の言葉に多く見られますが、代表的なものに次のような言葉があります（『モニエル梵英辞典』参照）。

・「縁起」はニダーナ［nidāna］の意訳です。

［nidāna］(n.) a band, rope, halter, a first or primary cause, original form or essence, cause of existence, any cause or motive,

縁起と訳しますが、仏教の根本教理のひとつで、生存の原因や条件を追求して説明しようとしたものです。初期の仏教では老死という苦しみの原因は無知にあるとしました。大乗仏教では諸法は無自性、空であるから縁起し、縁起するから自性をもたず空であるといいました。

日本では神社や寺、仏像、経典などの由来や歴史なども「縁起」といいます。また「縁起が悪い」とか「縁起をかつぐ」といった幸、不幸の意味にも使われるようになりました。

・「世界」はローカ・ダーツ［loka-dhātu］の意訳です。

［loka-dhātu］a region or part of the world, Buddh.

仏陀の世界の領域と訳しますが、その熟語を分けると、［loka］は仲間、世事、世、衆生。［dhātu］は層、成分、要素、身体の根本要素、という意味です。

・「輪廻」はサンサーラ［saṃsāra］の意訳です。

［saṃsāra］（m.）going or wandering through, undergoing transmigration, passage, passing through a succession of states.

「さまよう」の原義からいろいろな状態をさまようことを意味します。生あるものが生死を繰り返すことを指し、輪廻の状態を脱することが涅槃であるとし、仏教の目標としました。六道輪廻をさまようのが人間です。

・「煩悩」はサンスクリットでクレシャ［kleśa］の意訳です。
　動詞は［kliś］to torment, trouble, molest, cause pain, afflict, to suffer, feel pain, で、原義は苦悩する、痛みの原因、困ることです。人間が生きていくうえで一番問題となる言葉です。

・「金輪際《こんりんざい》」
須弥山《しゅみせん》はサンスクリットでシュメール「sumeru」、妙高という意味の音写です。古代インドの宇宙観で世界の中心にそびえる高い山を須弥山といい、人間の住む閻浮州を含む世界の大地は浮かぶ風輪、水輪、金輪の上に載っています。その最上層の金輪の最下の端、水輪との際は金輪の載る大地にとってぎりぎりの底であるため「金輪際」と呼ばれました。このことから、物事の最後の最後までの意味に用いられます。

・「奈落」ナラカ［naraka］はもともと地獄という意味で、音写でナラクとなりました。

［Naraka］（m.n.）hell,place of toment,

どん底やどうにもならない、という意味に使います。

・「餓鬼」はプレータ［preta］の意訳です。

［preta］（m.）guardian of the dead.

仏教では六道のうちの餓鬼道に落ちるものはいくら食べても満腹にならないといい、人間の物欲を戒めます。欲深い者をガキとも言います。

・「塔婆」はストゥーパ［stūpa］（m.）、意味は髪の束、頭頂、仏塔。

ストゥーパの音写がトウバとなり、塔婆は当て字です。卒塔婆ともいいます。

・「居士《こじ》」は元来中国で、学問教養があるが、官に仕えない人の意味でした。

仏教語ではグリハ・パティ［gṛha-pati］といい、家の主、主人の意味でしたが、後に男性在家信者を指すようになります。日本では戒名の末尾に敬称として使われています。

・「業《ごう》」はカルマ［karma］の意訳です。

漢語の「業」は元来、仕事・業務の意味で、仏教での「業」は善行、悪行、という深い特別な意味をもちます。英訳では［karma］はそのまま英単語として用いられます。

・アミダくじ

阿弥陀は［amitābha］（アミターバ）無量光と［amitāyus］（アミターユス）無量寿の意味をもち、最初からはかり知れない光明とはかり知れない寿命の二つの性格をもつ如来です。

立像阿弥陀仏は後ろに舟形の光の光芒をもち、その光の数は四十八本あり、四十八願を現します。この光の線から同じ場所は通らないというアミダくじができたと言われています。

・サルピス

『チャーンドギヤ・ウパニシャッド』（Chāndogya-upaniṣad）は古代インドのウパニシャッド初期の文献の一つですが、そのなかに出てくる物語の言葉が起源です。成立は前八〇〇～五〇〇年といわれています。ウパニシャッドとは「そばに座る」という意味ですが、バラモン教の経典ヴェーダのなかにある哲学的な文献です。哲学者が宇宙の根源、人間の本質についてのさまざまな思考を展開しますが、そのなかに次のような文章があります。

dadhnaḥ somya mathyamānasya yo'ṇimā sa urdhvaḥ samudīṣati
乳酪は　息子よ、攪拌される間に、それは、微粒子は　上に　昇る
tatsarpirbhavati // 6.6.1 //
聖なる飲み物になる

息子よ、凝結したミルクを撹拌すると微細なるもの、優れているものは上昇し酥《そ》となる。

次に続く文章を訳すと、次のようになります。

まったく同様に、息子よ！

食べ物が食べられている間に微細なるものは上昇し意識となる。息子よ、水を飲むとその微細なるものは息、呼吸となる。息子よ！　火で調理したもの、油のものは食べられている間に微細なるものは上昇し言葉になる。

水は息になり、食べ物は意識を作る。熱は言葉になると父はいう。次に、なぜそう言えるかを息子に実践させるのである。息子はそのとおり実践するが、水だけ飲んでも生きてはいるが、意識がない。それは食べ物を食べないからである、と物語は続きます。

ここで、[sarpir(h)]サルピルは蘇《そ》と訳されました。「sarpis」本来の意味は、ごみを取り除いた溶かしたバター(ギーと呼ばれ流体か凝固)です。

また、サルピルマンダ「sarpir-maṇḍa」は、the scum of melted butter,(溶けたバターの浮きかす)で、[maṇḍa]とは、the scum of boiled rice, the thick part of milk, cream, です。

「サルピス」とはミルクを温めるとできる表面の膜や溶けたバターのことで、今でも二千年前の「サルピス」は奈良で「蘇」として作られています。

蘇は中国の「酥」が元祖とされる説もありますが、インドから中国に渡った「蘇」は滋養強壮の薬や仏教行事に用いられ、朝廷への貢物とされました。手間がかかる割に少量なので貴重で高価なものでした。

一方、大阪の僧侶で日本初の乳酸菌飲料の創業者である三島海雲氏はモンゴルに旅した際に「乳酸」に出会います。

「サルピス」の語源は仏教でいう五味のひとつで、牛乳を造る過程で生じる味とされた「乳味」「酪味」「生酥《しょうそ》味」「熟酥味」「醍醐味」の最上である「醍醐」という最高の味「サルピルマンダ」を商品名にしたという説があります。

創業者は日本人がカルシウム不足なのでサルピスにカルシウムを加えてカルをつけたという説もあります。二千年前、バラモン教の聖典ヴェーダに登場した「サルピス」ですが、今も昔も変わらずに人々の永遠の願いは健康長寿のようです。

「和顔愛語」

言葉は言霊といい、古くから不思議な力をもつといわれています。言葉にはそれぞれ意味があり、発した言葉どおりの結果を現すともいいます。言葉は使い方によっては刃物となり人の心を深く傷つけたり、また反対に太陽のように人を温かく励ますこともできます。言葉はその人を現すともいいます。

「和顔愛語　先意承問」という言葉があります。これは浄土宗の根本聖典、浄土三部経の一つの無量寿経に説かれている菩薩の数ある修行のなかの一つの行として挙げられたものです。

無量寿経はサンスクリットで『スッカーヴァティ・ウィユーハ』といい、「極楽の荘厳」という意味に訳されます。

[sukhā-vatī]（f.）N. of the heaven of Buddha AmitAbha

[vyūha]（m.）placing a part, distribution, arrangement,

経典の内容は昔、法蔵菩薩という方が四十八の願をかけたのち成就して阿弥陀如来となり一切衆生を救済して極楽浄土に導く、と説いたものです。法蔵菩薩の厳しい修行のなかで私たちが実践できるものはありません。しかしせめて笑顔とやさしい言葉で相手の心を汲み取り受け入れ、雄々しく努め励み、怠ることがないよう日々勤めるよう心がけたいものです。

Ⅲ

うしろばた はるよ　エッセイ集

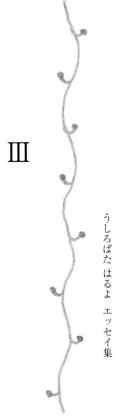

父との思い出

父は大正三年、長野県大町市に生まれ、若いころは文学青年でした。旧制中学のとき、夏期講座で町へやってきた和辻哲郎の身のまわりのお世話をすすんで頼み込んだそうです。そんな話を何度も聞かされました。

その後、肺結核を病み松本高校は中退、十年間の闘病生活に入ります。入院中は夢を見ることだけが楽しみだったと、聞きました。なんとも辛い青春時代だったようで私には想像もできません。父方の祖母は父が二十歳のときに亡くなっています。

戦時中は、肺結核の闘病中のため兵役は免れました。その後回復しますが、片肺の生活となります。母とお見合い結婚し、兄と私の四人家族です。

母が六人姉妹の長女だったので、後に父は養子となり母の家を継ぐことになります。後年母方の祖父母とも同居しました。結核は一時再発しましたが、寿命は父自身の予想をはるかに超え、結局八十五歳まで長生きしました。

私が物心ついたころから、千葉県の内房にある保田で毎年夏休みを過ごすことになります。父は、海岸から徒歩十五分くらいにある和裁教室のお宅の一部屋を、七、八月の二ヶ月間借りてくれていたのです。毎年、夏休み前にそのお宅にご挨拶に伺うと必ず美味しい枇杷を用意してくださって、それを食べるのが何より楽しみでした。

夏休みは毎日、保田で海水浴や鋸山を見ながら四キロの浜辺の散歩、早朝は地引網を見に行ったり、金魚すくい、川遊び、沢ガニ捕り、庭で作ったトマトを口いっぱいにほおばるなど楽しい思い出ばかりです。母の妹たちと従兄弟が代わる代わるやってくるので夏休みはあっと言う間に過ぎていきます。

保険会社に勤めていた父は、仕事の都合で土日祭日に大宮からやってきます。

今考えると、私たちが留守の間一人で大変だったと思いますが、何でもできる父なので不便を感じなかったのかもしれません。

夏休みは保田で過ごすので、地元の小学校の夏休みの行事には一度も参加しませんでした。別に不思議とも思わず、皆夏休みは何処かへ出かけて家にはいないものだと思っていました。呑気なものです。自然の中で海や山を走りまわる毎日は開放的で新鮮でした。

土日の休みにやってくる父は仕事で疲れた様子もなく、早速一緒に海岸へ出かけます。裸足にゴム草履をはいた私は、舗装の小道はいいのですが、海岸近くの砂場に来るとゴム草履がギュギュと歩くたびに砂に沈み込んで歩きにくくて、その上砂をかぶります。

どうも私は細かいことの気になる神経質な子供だったようです。行きは良いけれど帰りは一日中遊んだ濡れた足は歩くうちに砂で山盛りになってくるのです。気持ち悪くて好きではありませんでした。そんな私を見て父は「気にしなくていいんだよ」と言います。私は気になるけど父は気にならないんだ、きっと大人になったら気にならないんだ、とその時は思いました。

父は良く気のつく人で、何も言わなくても私の様子を見ていろいろ気づいてくれます。私が困ったときや途中で考えが止まったときに、さっと助け舟を出してくれるのはいつも父でした

何も言わないのにどうしてわかるのか不思議でしたが、側にいると先まわりして的確に助けてくれます。そんな父が大好きでした。

飲み物をこぼすと濡れティッシュがすぐ目の前に現れるし、楽しいのは父と一緒にいるときです。幼いころは父が出かける準備をしていると用事のない私まで一緒に出かけようと、お気に入りの帽子をかぶり玄関で待っていたそうです。

溢れるばかりの愛情を両親からもらいました。やりすぎです。過保護すぎるところがあったので、私は思いきりわがままに育ってしまいました。父は私にとっていつも優しく良く気のつくまめで便利な人だったのです。

私にだけではなく、父は会社の人たちにも気遣いを忘れない人でした。そのころ父は保険会社の支部長をしていました。私が五、六才のころ、昭和二十七、八年、大宮吉敷町の広い大通りに面して会社があり、その奥に自宅がありました。

会社には内勤とは別に外勤で保険の契約をとってくる人たちが何人もいます。定年を過ぎたころのお年寄りが多く、幼い私には老人に見えましたが、時々会社にやってきます。

お正月にはそんな人たちが新年のご挨拶にやってきます。皆さん楽しみにしているようで、二階に上がり新年のお祝いでお節やお酒をいただきます。

母は心得たもので二階に長いテーブルを準備し、一人一人にお節のお料理をお皿に盛りつけて並べます。二階に上がる階段の昇り口はお客さんのコートの山で、その上にカバンや帽子が所狭しと重ねて置かれています。昔はそんな状態が当たり前で、誰も文句を言う人はいません。靴も脱ぐ所がないくらいいっぱい脱いだまま置かれていました。

私は賑やかなのが好きなので嬉しくて浮かれています。誰かれなく知らない人でも話しかける子供で、無邪気というか、好奇心が旺盛かもしれません。中には手品を見せてくれる人やお年玉をくださる人、お酒が入ると歌も出ます。手拍子も入り皆さんご機嫌です。

しばらくすると、帰る人や新たに来られる人など移動が始まります。帰りには会社の玄関先で代わる代わる一緒に写真を撮ったり、賑やかで楽しい思い出です。母は、テーブルに並んだほとんど手を付けていないお節を折に詰めて、それぞれが持って帰れるように包みます。それがお土産です。それが父のやり方でした。

元旦は午前中から昼過ぎにかけて会社の人たちの宴会。午後からは親戚の人たちが集まってきます。東京周辺に住む母の妹たち家族です。母は六人姉妹の長女で、下の五人の妹たちがそれぞれ二、三人の従兄弟たちを連れてやってくるのです。

母の両親と一緒に住むようになると、さらに賑やかで足の踏み場がないほどですが、笑い声が絶えません。母の妹たちは楽しい人たちばかりで、私にとっては姉のような存在でした。

全員で二十人くらいでしょうか、母の妹たちが手伝い、お料理を並べ、飲んだり食べたりおしゃべりで盛り上がります。私は従兄弟たちと火鉢を囲み、お餅を焼きみかんを食べて夕食の塩鮭を焼きます。

そのころの我が家は、お正月三が日の夕食は塩鮭と家で作った白菜のお漬物でいただくのが恒例でした。あの塩鮭は塩辛かったけれど、脂がのって美味しかった記憶があります。当時のお歳暮と言ったら、尾頭付の時鮭があちこちの家を飛び交うほど人気がありました。

大人たちは父の周りで宴会です。満腹になった叔母や従兄弟たちが帰り支度を始めると、全員集合の記念写真を撮りお開きになります。毎年大勢のにっこり笑った写真が今でも残っています。

今考えると、父は社員や家族や親類など人の好きな人でした。昔風なのでしょうが、保険の仕事は特に外勤さんで仕事がまわっているようでした。

保田は小学校の卒業と同時にお別れです。中学になってからは年に二度お正月と夏休みに旅行に行きます。毎年、お正月二日から千曲川沿いの上山田戸倉温泉の清風園で過ごし、夏はその年によっていろいろで、鳥取砂丘や、福島県の野口英世の生家、白虎隊の飯盛山、五色沼や伊豆の落合楼など思い出がたくさんできました。


私が大学に行くようになったある日、朝同じ時間に父と家を出ることになりました。私は学校へ、京浜東北線の田町で降ります。父は東京駅八重洲口の会社へ出勤です。家から歩いて駅まで十五分ぐらいでしょうか。

横に並んで歩きます。ただ黙って歩くのも面白くないと思い、とっさに腕組みをしようと思いつき、私は父の腕に自分の腕を絡ませました。

父は「やめなさいよー」と言って私の腕を振りほどこうとしますが、照れるように顔はほころんでいます。やっぱり嬉しいのだ、と確信しました。一度だけでしたが嬉しい父との思い出です。

家にいる父はいつもラジオと一緒に家の中をウロウロ歩きまわります。野球が好きで、特に夏の高校野球は一日中朝から夕方までラジオを離しません。時々「なんだよー、ダメだこりゃ」と独り言を言いながら楽しんでいます。

蒸し暑い夏の午後、ラジオから聞こえる野球の生放送と父のステテコ姿は、思い出の風景として今も鮮明に残っています。

八十才を過ぎると、家で臥せることが多くなり、外出もほとんどしなくなりました。亡くなる一年くらい前です。時々実家へ父のお見舞いに行きましたが、その日も日帰りです。

母とおしゃべりに夢中になっていると、トイレに起きた父が酸素ボンベのチューブを鼻に付けたままそろそろと歩いて私たちの所へやってきました。

突然「オレは父親としてはどうだった?」と私に聞くのです。思わず「良かったよ、いいお父さんよ、尊敬しているよ」と、私は考えもまとまらぬまま咄嗟に答えました。あとで考えると、もう少しまともな返事ができなかったのかと反省しましたが、父とは真面目な話は特にしたことがなく、突然のことで面喰ってしまったのです。

考えてみると、人生の節目に相談するには一番頼りになった父でした。いつも決まって「自分で考えて決めなさい」が返事でした。

最後にそんな会話ができたことを今は良かったと思います。何も伝えないままだったら後悔したでしょう。父には心から感謝しています。

身体もだんだん弱ってくると、ベッドからも起き上がれなくなり、母が運んだ食事をベッドで食べているようでした。私がたまに顔を見せると「来てたのか」と声をかけてくれますが、私とわかっているのかどうか分かりません。

幻覚もよく見るらしく、ある時「早くリヤカーを持ってこいよ」と言うので、「どこへ?」と聞くと「土手だよ」と言います。私はその続きが知りたくて、「土手で何が見えるの?」と聞くと「何だか・・・・なー」と言いました。意味不明です。聞いて悪かったな、幻覚なのに。その時の父の見える世界を私も一緒に想像したかったのです。

肺は片方ありませんでしたが、特に持病はなかったので老衰でした。近くの病院の院長先生が良く往診に来てくださったので、最期まで家で過ごすことができました。人は生きたように死ぬと言いますが、父らしい一生だと誇りに思います。

靴

昨年買った雪用のブーツがどうも変だと夫が言います。二度ほど履いたものですが、左足が靴底にピッタリ合わないので足が疲れるようです。買い求めた店に連絡すると、担当の者に電話させます、その商品を送ってくださいとのことでした。

数日後、その担当の人から電話をいただきました。夫とのやりとりで先方はもう少し履いて様子を見てください、と言われたようです。電話なので私には聞こえませんが、夫は不良品は返品する、と電話口で伝えていました。

端的に言えばこれは靴という商品を作った人と使う人との関係で起こった問題

でした。
今の時代、靴は大量生産で、その工程も消費者にはわかりません。物があふれ値段は安いが品質は悪い、今は少し丁寧な作りになりましたが、ほとんどが外国製の粗悪品という時期もありました。最近はスーパーの一角に一〇〇円ショップがあるように、何でも大量に、しかもコストを下げた商品が多いようです。

この靴はそのような外国製ではありませんでした。買い求めた百貨店は信用のあるお店なので、吟味した商品を置いてあると考えます。今回の件で、もし店側が本当にお客さまの声に耳を傾けるのであれば、その商品の具合が悪い部分を調べて、今後のためにも修理して直すという姿勢があってもいいのではと思います。使えない商品を手にした消費者側も、少しでもいい商品を提供しようと努力する店であれば協力し、むしろ商品開発を助け粗悪品をなくすという意識で情報を提供すれば、大量に物を使い捨てる今の時代を考え直すいい機会になるかもしれません。

違う考えも浮かびます。老齢化に伴い身体はあちこち変形した部品の組み合わせのようなもので、あちこち歪んできていることも考えられます。足の裏も変形してきたのかもしれません。

昔の日本はよかった、という老人の話ではありませんが、昔は物を作る人と使う人の距離が物理的にも近く、コミュニケーションも円滑で、問題の解決も単純で早かったように思います。

手作りは温もりを感じるから大切にできたのか、今は使い捨てが流行なのか、少々疑問に思います。


近代科学の発展は貧困をなくし、多くの病気を治療し、多方面に貢献してきました。努力の結果多くの国民を幸福に、豊かに快適にするはずでした。人間らしい生活の中に多くの夢や希望を叶えるはずでした。

しかしその一方、私たちのものの見方を大きく変えてしまいました。科学の進歩により物質的世界だけが誇張、拡大され、思考の範囲も限定され、計測されるものが正しいと評価され、我々もその世界に巻き込まれていきました。

物質的な世界を科学的に探求、究明することが最優先され、それが進歩とされました。人間は利便性、有用性を求め続け、その結果、血の通った人間関係は失われました。

どんなものでも使い捨ての時代になり、常に新しいもの、便利なものへと人間の要求は果てしなく続きます。物を自分の身体のように大切に、手入れをしながらいつまでも使うということは生産的ではなく、かえって無駄なことなのでしょうか。

イタリア旅行

ヴェネツィア

数年前にイタリアへ行く機会に恵まれ、ヴェネツィア、フィレンツェ、ローマをゆっくりまわりました。私たち夫婦のほか三組ほどの御夫婦参加のツアーです。ベテランの親しい添乗員さんが一緒だったので楽しい旅でした。出発の数ヶ月前にローマ、カラカラ浴場でのオペラの予約も取れたので、これも楽しみの一つです。

初日は、夜にヴェネツィアに着き、ホテルに直行、真夜中にホテルの部屋に案内され、とりあえずベッドに倒れ込みました。周囲は暗いのでヴェネツィアの町がどのようなところか、どのようなホテルか、どんな場所にあるのか、窓の外は真っ暗で何も見えず、まずは疲れた身体を横にしました。

次の朝早く、夫が部屋の窓を遮るように立ちはだかり、子供のように外に向かって叫んでいます。

「凄いぞ〜！」

「何が？」

見ると、豪華客船がゆっくりと窓の外を通り過ぎていくではありませんか。なにそれ、と思い急いで窓際に夫と並んで立つと、客船が通り過ぎるとまたあとから同じような豪華客船がゆっくりと目の前を通っていきます。

船の乗客がこちらに手を振っているのもすぐ目の前で、手が届きそうなくらい近い距離です。こんな間近に大きな客船がゆっくりと動くとまるで高層ビルが移動しているような、いや、こちらが動いているようにも見えます。
ちょうどそんな日にたまたま当たっていたのか、いつもの光景なのかわかりませんが、初日から思いもよらないヴェネツィアの光景に出会いました。

その日のディナーはベルモンド・ホテル・チプリアーニです。サンマルコ広場から専用のシャトル・ボートで四分ほどのジュデッカ島先端にあるホテルです。ボートが着いたところはホテルのプライベートの発着場で、降りるとちょうど中庭に面して緑に囲まれています。
サンマルコ広場の喧噪から突然静寂が広がり、別世界のようです。少し進むとそこは庭ではなく、野菜を栽培していることがわかりました。なかなかこだわりのあるホテルです。

レストランは幾つかあるなかで、オープンテラスへ案内されました。目の前には青い海、時々小さなボートが行き交う光景はなんと贅沢でしょう、ため息がでます。

広い庭にある六人掛けほどの丸いテーブルに通され、落ち着いたところでお料理の注文をします。

次々運ばれるお料理に感動しうっとりしていましたが、ちょうどお魚のグリルを一、二度口に運んだとき、おやっ？

ぽつぽつ、ん？　雨だ。私のお魚のグリルのソースに雨粒が落ちて、そこだけ下のお皿が見えます。えー！

食事中に雨が降るなどという経験のない私は、どうするの？　と狼狽えていると、二人の男性スタッフがやってきて、テーブルから離れるようにとにこやかに促します。同時に二人はお互い向かい側に立ち、丸いテーブルをそのまま、テーブルクロスももちろんまだ食べかけのお料理がのったまま、スス－ッと高く持ち上げ屋根のあるベランダの方へ、そのままどこにもぶつかることなく素早く移動したのです。

しかも、何事もなかったかのように平然と。なるほど備えは日ごろから準備されていて慣れているのだ。よくあることなのでしょう。

何かボーイさんが一言声をかけてくれましたが、ゴメンとでも言っているのか意味不明。私は雨粒の入ったソースだけを避けて、お魚は美味しくいただきました。しばらくすると、なんと出来立ての同じお魚のグリルが目の前に運ばれたのです。そういうことだったの、やっぱり慣れている。食いしん坊の私は、それもしっかりいただいたのはもちろんです。

雨は一過性のものですぐ止みましたが、思い出に残るさわやかな夜でした。

フィレンツェ

旅行というと観光はもちろんですが、私はなんといっても食事が楽しみです。次の観光地、フィレンツェでの夕食はフィエゾレにあるベルモンド・ヴィラ・サン・ミケーレに案内されました。十五世紀、修道院だった所で、今はヨーロッパで最も魅惑的なホテルの一つだという評判のようです。

タクシーを降りると、いかにもホテルというゴージャスな感じではなく、僧院に相応しい慎ましやかな佇まいで、歴史のあるとても感じのよい建物です。正面ファサードのデザインはイタリアルネサンスの巨匠ミケランジェロによるものだそうです。ミケランジェロなんて遠い昔の人だと思っていましたが、こんな近くで作品に出会えるとは不思議な感じでした。中に入ると、落ち着いた重厚な雰囲気です。フロントも仰々しくはなく重々しい歴史を感じるしっとりとした空気が漂います。

庭園からはフィレンツェのパノラマ風景を一望できるそうです。まずはレストランに続く広い庭に案内されました。そこは、今まで私の人生で想像もできないほどの素晴らしい風景が広がっていました。

所謂、イタリア式庭園で幾何学式庭園とも呼ばれるものです。丘の中腹に庭園敷地が長方形の形態のテラス数段で構成され、上段テラス中央に建物を配し左右対称に構成され、庭園の内部から周囲の風景を眺めるパノラマ景が楽しめるのが特徴の様式です。

十四世紀から十六世紀にかけてイタリア郊外のヴィラや別荘で見られる庭園を指すようです。

なんと贅沢な。世界は広い、こんな風景を見せてくれる場所があるなんて思いもしませんでした。今までの私の人生で経験したものを遥かに超えた想像も及ばない景色でした。フィレンツェの街が一望できます。

そして不思議なことに、人の話声以外に音というものが全く聞こえません。まるで周囲の木々や建物、芝生というものにすべての音が吸収されたように静寂に包まれています。私にとってこの五感から受ける感動は新鮮でした。

佇まいといい、庭といい、眼下に見えるフィレンツェの街といい、なんとすべてが調和され素晴らしいのでしょうか。感動を抑えることができず、思わず目がしらが熱くなって何故か涙が溢れます。私には景色だけでなくあらゆるものにこのような知らない世界がまだまだ在るのでしょう。こんな感動は生まれて初めての経験でした。

景色だけではありません。過去十五世紀に僧院として多くの人々と共にすべてを受け入れた祈りの場に今立っていると思うと、聖職者たちの人々への思いが長い歴史の時を越え当時のまま伝わってくるように感じます。清潔で澄みきった感動でした。

時代とともに人々のいとなみは次々と変わっても、この祈りの場所は過去に大勢の人たちの強い思いと聖なる空間に永い時を重ね封じ込まれた結果でしょうか、清らかな空気が漂っていました。

祈りといえば、私も長い間祈っていたことを思い出します。人の思いはいつの時代も変わらないのでしょう。当時私の心は子供二人の難病と闘いながら治る見込みがないことを嫌というほど思い知らされ、どん底に落ちていました。もう何もできることがない、ともがき苦しみどうにもならなくなったとき、私は気づいたのです。まだできることがあることに、そう、祈ることです。居ても立ってもいられない私には、もうそれしか残っていませんでした。祈りが微かな希望に繋がり、なんとか毎日を細々と過ごすことで私の心は救われました。祈ることに気づき、救われたのです。

辛い時期を前向きに越えることができなかったら、今の私はいないでしょう。私の心が平穏になることで、子供たちに対する態度にも余裕ができたのでしょう。子供たちも安心した生活を感じてくれたと思います。

九　生きとし生ける者どものあいだにあって、信仰と智慧とを得た賢い人にとっては、それが真に最高の宝である。そのほかの宝はつまらぬものである。

中村元訳『ブッダの真理のことば感興のことば』（岩波文庫、二〇〇三年、P.192）

さて、ホテルのレストランに続く広い庭園に案内され椅子にかけると、飲み物とおつまみが運ばれてきました。オリーブの実はカリッとして程よい硬さと塩味も心地よいものでした。ケッパーの軸の付いたものは初めて見ましたが、今まで日本で食べた瓶詰のものより大きくて新鮮です。

緑に囲まれた広い庭で自然の静けさに包まれ、私たちの話声だけが聞こえ、前方にはフィレンツェの街が眼下に遠く広がり、まるでパノラマの絵葉書のようです。私は五感を通してすべてを身体全体に吸収しました。

しばらくしてからレストランへ移動します。

案内されたテーブルに着き、メニューが手渡されます。もちろんイタリア語は読めませんが、おや、肝心な値段の部分は空白になっています。夫のそれを見るとしっかり値段の記入があります。

私が手渡されたものはミスプリかと思いましたが、高級なレストランではこのように女性用のメニューには値段が記入されていないと聞きました。メニューに男性用、女性用があるとはなんともお洒落なはからいで、流石にこれも私にとっては初めての経験でした。

最後のデザートも美味しくいただき、気分はすっかりセレブ？ 美しいフィレンツェの夜景を眺め、美味しいお料理をいただき、これ以上の幸せはないくらいに心も身体も十分満足した夜でした。

最後のお会計、お支払は？　どのようにしたらよいのでしょうか。緊張します。箱に入った伝票を持ってきたので蓋を開け、カード支払の記入と一割ほど現金のチップを入れまた蓋を閉めてテーブルに置いて席を立ちました。私たちはそのまま帰りました。ただそれだけです。

レストランの人は支払いの確認も何もしませんでしたが、お客さまとの信頼関係を確信しているのでしょう。このような人たちが築いた心豊かな歴史の営みを感じました。


あとで気づいたことですが、驚いたことに庭園にいるときももちろん、テラス風のレストランで食事をしている間も夏の夕方なのに虫が一匹もいなかったのです。日本では夏の夜、外に出ようものなら蚊や蛾が明るい所を目指して飛びまわって来るのに何故か、それが今でも不思議です。

ローマ

二日目の次の日、午後から列車で少し離れた田舎の村へ行くことにしました。フィレンツェのサンタマリア・ノヴェッラ駅からシエナ行きに乗り、ポッジボンシ駅で降ります。タクシーでサン・ジミニャーノへ向かいました。サン・ジミニャーノは美しい塔が立ち並ぶことで知られ、歴史地区として世界遺産に登録されています。

列車から降りて駅のトイレを探しましたが、驚いたことにこの辺の小さな駅にはトイレがないようです。何処にあるのか尋ねると、駅前のバールで借りるよりほかにないようです。

しかもたった一軒だけのバールです。他にお店らしきものはありません。バールにもちろんお酒はありますが、その他、日用品などこまごましたものが置いてあるコンビニのようなお店です。飲み物を買い、トイレをお借りしてほっとしました。

タクシーでしばらく走ると、その村に着きました。周囲を見渡すと中世の高い城壁がそびえ立っています。いくつか崩れかけている場所がありますが、修理をしている様子は見られません。当時のそのままを世界遺産として保存しているのでしょう。危険を避けて城壁から離れて歩きます。

多くの美しい塔に囲まれた町でしたが、都市内の権力争いで今では十四の塔が残っているだけだそうです。


景色のよい一番高い所まで歩くことにしました。途中オリーブ畑を抜けて行きますが、大木が幾つもあり道幅は広く緩やかな傾斜です。次第に道幅も狭く坂も急になります。

やっと頂上にたどり着きました。さすが見晴らしはよく、町全体が見渡せます。敵が攻めてくるのもよく見える高台です。さわやかな風が吹いて気持ちがいい、下では気づかなかった国内外の観光客もここには大勢いました。

フィレンツェを出発するとき既に夕方だったのでもう暗くなってもいい時間でしたが、来た道を引き返すと空はまだ明るい昼間のようです。

石畳の広場に出るとやっと少し暗くなりはじめ、石づくりの背の高い建物を見上げると空の色が真っ蒼で深みがありとてもきれいです。日本では見られない空の色がイタリアには普通にあることを知りました。

旅行ツアーのオプションになっている場所なので、村には観光客も多く、お土産物屋さんもたくさん並んでいます。あちこちの店先にはイノシシかイノブタかの頭部のはく製が飾ってあります。村ではイノシシに迷惑しているのか、観光用に歓迎しているのか、本当はどうなのかと思いながら通り過ぎました。

細い道に曲がり、お目当てのレストランに入ると、外からは全く想像できないほどの客で賑わっています。店内はレンガ作りで時代を感じさせる雰囲気のあるお店でした。

やっぱりイノシシの生ハムがメニューにあったので注文しましたが、あとは定番のパスタにトリュフでお腹いっぱいです。思いっきり贅沢にスパゲッティの上に載っていたスライスした白トリュフは最高でした。

次はローマです。

旅も残り二日間となって名残惜しいです。ローマではカラカラ浴場での野外オペラも待っています。野外で鑑賞できる機会に恵まれるのも幸運でした。開演は夜九時ごろですが、まだまだ明るいはずです。その日の演目はプッチーニの「トスカ」です。早めに前方の指定された席に着きましたが、空席が目立ちます。

ジーンズで行った私は服装が気になり、さり気なく周囲を覗うと、皆それぞれ自分らしい服装で個性的です。他人の服装など気にしないようでホッとします。どこまでも広がる真っ蒼な夜空を眺め、装飾のない簡素な遺跡そのままを舞台にした上で客も演者も一体となり、すべてが開放的です。身近なオペラとして観賞できたことは幸運でした。

主人公のトスカが最後にサンタンジェロ城から身を投げるシーンは印象的でした。

最終日は買い物です。グッチ、ボルサリーノに寄ってスペイン広場に出ました。思い出に残る経験と感動の連続の旅となりました。

ノルマンディー家具との出会い

自宅居間の角の空間が以前から気になっていました。何を置いたら落ち着くのか、考えていましたが、思いきって家具でも置いてみようと、アンティーク家具を探しに車で一時間ほどのお店に行きました。

倉庫のような店内に、人が一人やっと通れる程度の細い通路を挟んで夥しい大小古びた家具が所狭しと並んでいます。何処かヨーロッパの埃を被った、しかし重厚な感じのアンティークの本箱やイギリス製と思われるキャビネット、チェスト、サイドボードなど、時代を感じるものばかりです。

一とおり二階全体にわたり見てまわりましたが、数点のこれはと思うものはすべて売約済みでした。質や程度の良い魅力的なものは誰でも共通して好まれるのでしょう。いいものは他の人もよく知っています。

入り組んだ狭い通路の奥にまだ見ていない家具があったので、諦めかけていましたがちらっと覗いてみました。おや、なにか背の高いチェストが目にとまりました。全体に丁寧な彫刻がほどこされ、とても個性的で、今までに見たことのないものです。上下に分かれたものが重ねられたチェストでした。

前面上部にはバグパイプを吹く人物が彫られ、下の部分には羊を放牧している様子が見られ、さらにその下には船の舵輪のような形が彫られています。

中央部分の周囲には花の意匠が横一列に配され、珍しいことに一番上の両脇部分にはテラスのようなせり出した空間に飾りの手すりが付いています。

バグパイプといえばスコットランドが思い浮かびますが、その他にアイルランド、スペイン、ポーランド、トルコ、バルカン半島などに存在するようです。旧イギリス植民地では軍事パレードでバグパイプによる軍楽隊がつかわれることがあるそうです。

その背の高いチェストからは、音楽を好み漁業や農耕という豊かな自然に囲まれた素朴な日常生活を楽しむ人々の様子が窺えます。花は子孫繁栄を祈るものだそうで、日々の生活はそれほど豊かで満ち足りたものではなかったと思われますが、それでも人々は寄り添い心温まる日常の営みを彫り、側に置き、眺めていたのかもしれません。私の勝手な空想です。

非常に繊細な飾り彫刻ですが、大切に日々使われていたものだと想像できます。これはいい、と一目で気に入りました。最後の最後に思いがけない出会いに恵まれたという感じでした。

ひとつひとつの家具を吟味するのは疲れますが、まるで私たちが見つけるのをじっと待っていたように奥ゆかしくひっそりと佇んでいました。時代は十八世紀くらいに作られたノルマンディーのものだそうです。

名前だけは聞いて知っている地名でしたが、ノルマンディーはイギリス海峡に臨むフランス北西部の地方で、王政時代の州であり、ノルマンディー地域圏の総称だそうです。

第二次世界大戦末期に連合軍によるノルマンディー上陸作戦の舞台となった場所として有名です。その作戦の名前だけは記憶にあるものの、ほとんど知らないことばかりでした。

「ノルマンディー」とは「北の人間の土地」を意味するそうです。

そのチェストはオーク材ですが、作られた十八世紀はどんな時代だったのでしょう。

十世紀から十一世紀にかけてノルマン人の一派が北方よりこの地に移住してきたようです。気候は一年を通じて温暖ですが、風が強く湿度が高い地域です。現在では麻栽培が盛んだそうです。沖合にあるモン・サン・ミッシェルは観光地として、また、首都ルーアンはジャンヌ・ダルクが一四三一年に処刑された場所として有名です。

ノルマンディーはフランス革命時の一七九〇年に五つの県に分割され、農業、海産物、畜産物に恵まれ、国全体として牧畜が盛んで、地域によっては穀類、リンゴ酒、良質のバターとチーズ、牛（ノルマンディー牛）、馬などを特産しています。海岸には漁港、海水浴場も多く、ノルマンディー牛は乳肉兼用種で頭と腹は白色で角は短いそうです。

新しい家族となったチェストは部屋の隅で静かに佇み、家族の動向を見守っているようです。その一角周辺だけ北フランスの雰囲気を漂わせ、全く別世界を思わせてくれます。今まで考えたこともなかった十八世紀ノルマンディーの時代を想像させてくれます。

うしろばた はるよ（後畠 晴世）

埼玉県浦和市生
北里大学衛生技術学科卒
結婚後奈良在住
仏教大学大学院仏教文化専攻修士課程修了
修士号取得

住所　〒631-0044　奈良市藤ノ木台3-2-12

うしろばた はるよ　エッセイ集
仏母 ── 生きるということ

2024年7月1日　第1刷発行

著　者　うしろばた はるよ
発行人　左子真由美
発行所　㈱竹林館
〒530-0044　大阪市北区東天満2-9-4　千代田ビル東館7階FG
Tel　06-4801-6111　Fax　06-4801-6112
郵便振替　00980-9-44593　URL http://www.chikurinkan.co.jp
印刷・製本　モリモト印刷株式会社
〒162-0813 東京都新宿区東五軒町3-19

ISBN978-4-86000-516-0　C0095